Mikuriya & Sakamaki
「人類学者は骨で愛を語る」

「――俺のことが好きなんだ？」

シャンプーのせいか、甘い匂いを嗅ぎながら耳許で問う。

くすぐったかったようで、細い身体が坂巻の上でびくん
と跳ねた。

（本文P.140より）

Chara

人類学者は骨で愛を語る

高岡ミズミ

キャラ文庫

この作品はフィクションです。
実在の人物・団体・事件などにはいっさい関係ありません。

目次

人類学者は骨で愛を語る

口絵・本文イラスト／汞りょう

Prologue

林道から外れたその場所に、枯れ草を踏む足音がふたつ。どちらも止まっては進み、おぼつかない足取りが気持ちの戸惑いを表している。

すでに時刻は六時を回り、あたりは薄暗い。乾いた風は夜気の匂《にお》いを漂わせ始めていた。

「……やめたほうがいいよ」

上擦《うわず》った声の主は、まだ面差しに幼さを残した十歳前後の少年だ。ふっくらとした頬《ほお》を強《こわ》ばらせ、日の落ちかけた周囲を恐る恐る見回している。

前方を歩いていた、もうひとりの少年が振り返った。

「平気だって」

彼もまだ小学生だろう。彼は友人のように怯《おび》えてはいない。恐怖心より好奇心が勝ってしまっているようだ。

「この奥に洞穴があるんだって。防空壕《ごう》じゃないかって信一《しんいち》が言ってた」

口調にもそれが表れている。もしかしたら「信一」に先を越されて悔しいのかもしれない。反して、後ろをついていく友人はすっかり腰が引け、いまにも泣きべそをかきそうに顔を歪《ゆが》め、でも、と反論した。

「……信ちゃんは遠くから見ただけだって言ってたし、裏山には近づいちゃ駄目ってお母さんに叱《しか》られたんだよ。大人も近づかない場所なんだからって」

興奮のためか、語調が強くなる。ばさばさと風が舞い上がった。

「ひ……っ」

ふたりは同時に悲鳴を上げ、頭を両手で抱える。が、それが鳥の飛び立った羽音だとわかると、先を行く彼は狼狽《うろた》えたことを恥じるように友人を急《せ》かした。

「誰にも言わなきゃ平気だよ」

どうあっても計画を断念するつもりはないと知り、友人も渋々あきらめる。覗《のぞ》いたらすぐ帰ろうと、頼りない歩を進めていった。

ややあって、ふたりの前にぽっかりと空洞が現れた。中は、外界よりさらに暗く、真っ暗な闇《やみ》が一寸先を阻《はば》んでいる。

友人のすがるような視線には気づかず、少年はごくりと唾《つば》を飲み下すと、ポケットから懐中電灯を取り出した。

「行くぞ」

「え」

驚いたのは、友人だ。

「は……入るの？」

ちょっと覗くだけで中に入るとは思っていなかったのだから、それも当然だった。

「入るよ。じゃなきゃ、意味がない」

覗くだけなら、「信二」と変わらない。確かにそれでは、わざわざ家を抜け出してきた意味がなくなる。

負けん気の強い子どもにとって、一番のりというのは重要なのだ。たとえ、眼前に見える暗闇がただならぬ空気を孕《はら》んでいたとしても。

恐怖に打ち勝てば、駆けっこで一等を取るよりもテストで百点を取るよりもヒーローになれる。

少年は肩を怒らせると、足を踏み出す。ひとり置いていかれるのは厭《いや》なのだろう、制止の言葉を重ねる友人も最終的には彼に従った。

洞穴はそう広くはない。成人男性ならば身を屈めなければならない高さだ。懐中電灯で足元を照らしながら、ふたりはじりじりと中へと入っていった。

狭い場所に、やけに大きく靴音が響く。時折ひゅうと鳴り響く笛に似た音は、風が壁を撫《な》でているためだ。

十メートルばかり奥へ進んだとき、息を殺して歩いていた少年の足がぴたりと止まった。

「わ!」

後方の友人が、その背中にぶつかる。少年はそれに関してなんの反応も示さない。意識がほかのものに奪われているようだった。

「なに……なにかあった?」

ただならぬ様子に、友人がぶるりと震える。パーカの肩越しに前方を確認すると、懐中電灯の頼りない明かりになにかがぼうっと浮き上がっていた。

「……あれって」

少年に問う前に、懐中電灯が彼の手から滑り落ちた。ごろごろと転がった懐中電灯の光は、図らずも間近でそれらを照らす結果となる。

「……嘘!」

彼らが発したのは、その一言だけだった。あとは声も出せないまま競って来た道を戻り、洞穴から転がり出た。

木々を掻《か》き分けながら、呼吸が乱れても心臓が裂けそうに痛んでも一心不乱に走り続ける。

途中で靴が片方脱げたが、拾う余裕などない。走って、走って、ようやく見えてきた小道に安《あん》堵《ど》したふたりは、どちらからともなく速度を緩めた。

足早に小道を通り抜け、教会の敷地内から出る。その間ずっと無言だったが、自転車を停《と》めたコンビニの前まで来ると、少年は友人に向き直った。

「いいか。今日のことは誰にも言うなよ」

友人は黙って頷《うなず》く。街灯に照らされた顔は青ざめ、頬がびっしょりと濡《ぬ》れていた。

普段ならば「泣き虫」とからかう少年も今日ばかりはなにも言わない。彼自身、喚《わめ》きたいのを堪《こら》えて唇に何度も歯を立てているのだ。

「じゃあな」

「あ……直《なお》ちゃん」

呼び止める友人の声にも、振り返らなかった。

全力でペダルをこぎ家路を目指す少年の顔には、恐怖と後悔が滲《にじ》んでいる。裏山になど行かなければよかった。きっと今夜は、あの光景が瞼《まぶた》の裏にちらついて眠れないだろう。

あれは……見間違いなどではなかった。恐怖心が作り出した幻影でもない。それを証拠に友人もはっきりと目にしている。

あれは——懐中電灯の明かりの先にあったのは——堆《うずたか》く積まれた無数の人骨だったのだ。

1

立ち入り禁止のロープが張られた場所で数人が行ったり来たりしている様子を尻目《しりめ》に、御厨《みくりや》文人《ふみひと》は双眸《そうぼう》を細めた。

長い時間薄暗い洞穴にこもりっきりだったため、太陽光に慣れるまでに数十秒を要する。睫《まつ》毛《げ》を瞬かせていると、灰色の制服に身を包んだ三十代の男が歩み寄ってきた。

「小野塚《おのづか》先生はお忙しいのでしょうか」

御厨がやってきて二時間。この質問もすでに五度目だ。みな、小野塚を頼りにしていたというのはわかるが、御厨では不服だと文句を言っているも同じだ。

「先生は出張です」

失礼なと心中で吐き捨てながら、五度目の返答をする。

昨日、警察からの電話を受けたのは、御厨の師である小野塚教授だった。ぜひ先生の意見を拝聴したいという先方の申し出を快諾して電話を切った小野塚は、その直後、自身の出張に気づき急遽《きゅうきょ》自身の代役に御厨を立てた。

それが、いま御厨がこの場にいる理由だった。

市職員は御厨に会った瞬間、取り繕うことも忘れてぽかんと口を開いた。

――小野塚教授の名代で参りました。

その言葉を疑ったわけではないようだが、彼は御厨の外見に困惑したのだ。

――学生さん、ですか？

シャツとトラウザーズという出で立ちの御厨を頭から足の爪先まで熟視したあと、そう問うてきた市職員の声には大丈夫だろうかという戸惑いが明確に表れていた。

御厨にしても、日本に戻ってきて以来この種の反応には慣れていたので、いまさら強く抗議しようなどという気持ちはなかった。

――いえ。准教授です。

しようがない。ひとはとかく見た目で判断されるものだ。

御厨を前にして、誰も准教授だとは思わない。それは御厨自身の責任ではなく、年齢のせいだった。

先月誕生日を迎えて、二十一歳になった。学生時代、同級生たちに癖毛をキューピー人形だとからかわれたものだが、他の東洋人と比較して特に小柄でも童顔というわけでもない。

百七十センチとごく平均的身長だし、奥二重の目に、高からず低からずの鼻と大きからず小さからずの唇は、あるべき形であるべき位置についている。

性格は、気難しいほうだろう。自覚はないが、それが周囲の評価だ。たまには羽目を外せばいいのにと言われても、羽目を外す理由がなかった。

御厨は、新たな相手に会うたびにくり返してきた経歴を、市職員にも言って聞かせた。

——十六歳で渡米してハーバード大学に入学しました。二十歳のときに博士号を取得して、半年前に日本に戻ってきたばかりですが……ご不満なら学位の証書でも持ってきましょうか。

小野塚からの紹介状とともに、K大准教授と肩書きの入った名刺も見せた。紹介状は読んでいないのでそこになにが書かれているのか知らないが、証書の出番はなく、ようやくみなが相応の応対をしてくれるようになった。

——これは失礼しました。あまりにお若いもので。

最初に御厨に応じた市職員は気まずくなったのか、すぐに離れていった。代わりにやってきたのは彼よりやや年配で、田島《たじま》と名乗った。

田島の案内で、制服警官が門衛よろしく守っているロープを無事御厨は越えられ、洞穴の人骨と対面できることになったのだ。

田島は真摯《しんし》な面持ちで洞穴を一瞥《いちべつ》したあと、御厨へと視線を戻した。

「それで、あの人骨はやはり戦時中のものでしょうか」

他人の耳を憚《はばか》るかのように声のトーンを落とす。依頼された時点で、防空壕が見つかりその奥から人骨が発見されたという内容だったので、田島のこの言葉はなんら不思議ではない。

「いえ」

御厨は首を左右に振った。ふわりと風に舞い上がった癖毛を片手で押さえながら、田島の言葉を訂正する。

「詳しい年代は調べてみないとわかりませんが、人骨はもっと古いものです」

御厨の説明を聞き、田島は複雑な表情で睫毛を瞬かせた。

「……古いというと？」

ほっとしていいのか深刻に捉《とら》えるべきなのか、まだ対処に困っているようだ。

「少なくとも百年、もしかしたら二百年近くたっているかもしれません」

「うむ」とも「うお」ともつかない呻《うめ》き声を、彼は喉《のど》から漏らした。

「二百年、ですか」

頭の中ではおそらく時代考証しているのだろう、眉間《みけん》に縦皺《たてじわ》が刻まれる。田島は地元の歴史に詳しいのか、それらしい単語をぶつぶつと並べているが、そのどれもが初めて耳にするものだった。

御厨が町に住んで短いせい、というより歴史自体に疎いのだ。なになに騒動とか、なんとか地震とか台風とか、固有名詞を連ねられても耳を素通りしていく。市職員の独り言を聞く間に御厨が考えていたのは、一刻も早く骨をラボに持ち帰りたい、それだけだった。

ざっと見たところ、二十体はある。捨てられたときはすでに解体されていたのか、別の理由――たとえば動物に食い荒らされた、もしくは風化によるため、あるいはそのすべて――のためか、生前の姿を保っている人骨はない。ばらばらになり、混ざり合い、山を形成していた。

人間の骨は、およそ二百のパーツでできている。それらひとつひとつが個体識別において重要な情報になりうるのだ。

性別、人種、年齢のみならず大まかな死因や病変も特定できる。人類学者にとって骨は宝の山にも等しかった。

御厨は、背後の洞穴に視線をやった。

「もう運び出してもいいですか?」

じれったく思いながら申し出るが、田島はなかなか首を縦に振ってくれない。周囲を見回し誰かを捜しているようだ。幸いにも目的の人物はすぐに見つかったらしく、田島が右手を高く上げた。

「神父さん」

田島の呼びかけに、銀縁フレームの眼鏡《めがね》をかけた男がこちらに顔を向ける。ローマンカラーのシャツに黒いスーツを身につけた三十代の男だ。

歩み寄ってくる姿は整然として、神父というだけあって禁欲的な雰囲気を醸し出している。白いものがちらほらと混じり始めた頭髪には見事に櫛《くし》が入り、一文字に結ばれた薄い唇から、彼がこの状況に困惑しているだろうことが察せられた。

「こちら人類学者さんで、小野塚先生のお弟子さんだそうです」

田島は口早に御厨を神父に紹介する。

御厨が准教授と知っても神父は驚かなかった。内心では驚いたのかもしれないが、少なくとも他の者のように顔には出さない。

「城田《しろた》です。この教会の神父をしています」

神父は御厨に慇懃《いんぎん》に一礼すると、硬い表情で唇を解いた。

「まさか裏山にこんなものがあるなんて、思いもしませんでした」

明確な言葉を避けたのは故意にちがいない。

今回見つかった洞穴は、教会の裏手に面したなだらかな丘陵の麓《ふもと》にあった。神父が渋い顔をするのも頷ける。敷地内に人骨が、それも多数あったとなれば誰しも同じ反応をするはずだ。

「年月がたっているものだと聞きましたが」

その問いに、御厨は顎《あご》を引いた。

答えたのは田島だ。

「それが、百年から二百年くらい前のものじゃないかって仰《おつしや》るんですよ。で、こちらの先生が大学に持って帰って調べてくださるそうで、念のため神父さんに声をかけさせてもらったんです」

「それはどうも」

神父は目礼したあと、百年と呟《つぶや》く。

神父の頭の中でも郷土史が連ねられているのかもしれない。ふたりで語り出すような事態になってはいつまでたっても帰れなくなるので、御厨は挨拶《あいさつ》もそこそこにひとりその場を離れた。

朝九時に呼ばれてきたが、すでに太陽は真上にある。警察や市職員が入れ替わり立ち替わりやってくるせいで作業が捗《はかど》らず、徐々に苛立《いらだ》ちを感じ始めていた。

これだからお役所仕事は——と、先日同僚がこぼしていた台詞《せりふ》を言い捨て、設《しつら》えたハロゲンランプのため鈍い明かりを放っている洞穴へと戻る。

外界とはちがい、ひやりと湿った空気の満ちたそこでは、若い市職員が二名、しかめっ面で人骨を段ボール箱へ投げ入れていた。

洞穴内にこだまする骨のぶつかる音を聞き、御厨は青くなった。

「なんてことを！」

慌てて駆け寄り、市職員の動きを制する。彼が手にしていた座骨を両手で素早く、かつ慎重に奪い取った。

「そんな乱暴に扱って、砕けでもしたらどう責任を取るつもりですか」

信じられません。そう一喝して睨《にら》みつけると、座骨を段ボール箱にそっと入れてから同じ手で頭蓋骨《ずがいこつ》を拾い上げた。

「ここを見てください」

左側頭部を指差す。骨が盛り上がっている部分だ。

「これは、腫瘍《しゅよう》があったことを示しています。かなり大きなものです。そしてそのすぐ近くに手術痕《こん》。この頭蓋骨の主は一度腫瘍摘出手術を受けていると見て間違いないでしょう。すごいと思いませんか」

感嘆の声を上げ、市職員に同意を求める。

反応はない。

横目で確認すると、二名の市職員は揃《そろ》いも揃って事態の重大さが把握できないらしく訝《いぶか》しげな顔をするばかりだった。

ため息をこぼした御厨は、頭蓋骨を抱いたままふたりに向き直った。

「いいですか。たとえばこれが二百年前のものだとします。当時、手術を受けられるほどですから骨の主は裕福だったのでしょう。それがどうです？　手厚く葬られずにこんな洞穴に、他の骨とともに放置されています。どうしてなのか。興味深いと思いませんか」

覚えず力が入ってしまった御厨の熱弁に、ふたりが顔を見合わせる。先刻同様反応は薄い。

「暖簾《のれん》に腕押し」「糠《ぬか》に釘《くぎ》」と、小野塚に習った言葉が頭に浮かぶ。

「ですから――」

なおも言葉を重ねようとした御厨だが、途中で気が変わって口を閉じた。ここでよけいな時間を費やす暇があったなら、一刻も早く骨を持ち帰ったほうが建設的だと考えたのだ。

「とにかく、丁寧に扱ってください」

そう指示し、自身も回収作業に加わる。用意してきた段ボール箱では間に合わず、いったんラボに戻って出直さなければならなかった。

その際、ハンディクリーナーも持参すべきだろう。薄暗い洞穴では、どんなに注意しても取り残しが出る。数ミリの欠片《かけら》まで拾うには、クリーナーで吸い込むのが早い。

市職員とともに段ボール箱を台車にのせ、駐車スペースに停めた軽トラックの荷台に積み込むと、上からシートをかけて紐《ひも》で固定する。

ハンドルを握るのは御厨だ。運転免許は帰国してすぐに取得した。車は必要だし、なにより運転自体を御厨は気に入っていた。

私用の車は持っていないが、ラボ所有の軽トラックの乗り心地は快適だった。アクセルを踏むと、ウィンドーを開けて秋の乾いた風を車内に取り入れる。外は長閑《のどか》な風景だ。田畑があり、住宅があり、線路があり、昔から変わらないその町中をひた走る。やがて、名高い古刹《こさつ》や庭園の集まる古都としての姿が眼前に広がる。

国内屈指の観光地に立地する大学の周辺は、古さと新しさ、芸術と最先端技術の混在する賑《にぎ》やかな町だ。学生街でもあるそこは活気にあふれ、一年じゅうタクシーや観光バスが行き交っている。

「この季節は、修学旅行シーズンか」

軽トラックの運転席から、擦れ違いざま紺の制服一色に染まったバスの車内に横目を流した。十月から十一月にかけて、駅や観光スポットは通常の観光客に加えて修学旅行生でごった返す。鮮やかな紅葉に浮かび上がる寺社は素晴らしく、観光にはもってこいの季節ではあるが、共感できるところがないというのが残念だった。

御厨自身は、観光はもとより修学旅行というものには無縁の生活を送ってきた。たったひとりの肉親である母の死により五歳から施設で育った御厨は、当時小柄で喘息《ぜんそく》を患っていたために学校を休みがちだった。その癖が抜けきらず治ってからも仮病を使いしょっちゅう欠席したが、たとえ登校したとしても誰とも口をきかずに一日過ごすことはめずらしくなかった。

御厨にとって、手当たり次第に本を読むことのほうが、学校へ行くよりも有意義で重要だったのだ。

本があればよかった。そういう意味では施設より学校のほうが好きだったかもしれない。学校には図書室があったから。

十四歳のときに小野塚と出会わなかったなら、おそらくいまでも同様の生活を送っていただろう。大人も子どもも苦手で、終始壁に向かって座り、本を読み続ける生活だ。

小野塚と最初に会った日のことはよく憶《おぼ》えている。小野塚はいきなり謎《なぞ》かけをしてきて、それに御厨が答えると嬉《うれ》しそうにほほ笑んだ。

——すごい。当たりです。

拍手をして、それから、御厨の頭を撫でた。

あいつは変わっていると敬遠されても、誉められた経験はなかったので、初めは小野塚を変な大人だと思った。実際、小野塚は他の大人とはちがった。

他の大人たちは、御厨のＩＱが高いとわかった途端、入れ替わり立ち替わり訪ねてきた。御厨が返事をしてもしなくてもお構いなしに話しかけてきた彼らの目的は、ありとあらゆるテストを御厨に受けさせるというものだった。

――おお、素晴らしい。

――施設で埋もれていたかもしれないと思うと、ぞっとしますよ。

そして、御厨の意見など聞かず、一方的に施設から連れ出そうとした。

拒絶し続けたのは、施設の居心地がよかったからではない。単に、大人たちの言葉が本ほど魅力的ではなかったからだ。

一方で、小野塚はテストなどしなかった。「きみは才能に恵まれた幸せな子ですね」と言い、何度も頭を撫でてくれた。

それ以来、御厨は自分が「才能に恵まれた」「幸せ」な人間なのだという認識を持っている。

小野塚についていこうと決めたのは、御厨の意志によるものだった。

一年後に渡米する際も、小野塚は御厨に選択させた。

――きみの人生です。後悔のないよう生きなさい。

あのときの小野塚の言葉は、いまでも胸に刻まれている。

後悔しないように生きる。いまではそれが御厨の、人生における信条だ。

正門でいったん軽トラックを停めると、ウィンドーから守衛に声をかけた。守衛は、軽トラックの荷台に目をやった。

「先生、お宝ですね」

「はい。しかもまだ残ってます」

御厨の言葉に、こりゃ大変だと彼は肩をすくめた。

「金銀財宝なら、いま頃先生は大金持ちだ」

「金銀なんて鉱物は、そこらへんにいくらもある物質ですから」

「骨は唯一無二、でしょ?」

まさに御厨が言おうとしていた言葉を先に言われ、同意する。その人間がひとりしかいないように、骨も個人特有のものだ。ひとつとして同じものはない。

「守衛さんの骨は、世界にひとつ。守衛さんしか持っていません」

これほど希少価値のあるものは他にはないと言外に告げると、守衛は鼻の横を人差し指で擦《こす》り、苦笑した。

「ちがいない。こんながに股《また》で短足の骨が他にもあったら気の毒だ」

わははと自身の軽口に笑う守衛を前にして、御厨は彼の下半身へ視線を向けた。

守衛の言うことも一理ある。日本人の場合、身長は二・五×大腿骨《だいたいこつ》の長さ+五三・五六センチという計算方法を使って算出されるため、守衛のように身長に対して極端に短い大腿骨を持つ場合は正確さに欠けるだろう。

「先生、そんなに凝視しないでくださいよ。皮膚の下まで覗かれている気分になるじゃないですか」

半ば無意識のうちに守衛の大腿骨の長さを予測し計算をしていた御厨は、ばつの悪そうな口調に、守衛の顔へと目を戻した。

確かに御厨が見ていたのは骨格なので、あながち間違いでもない。

「すみません。つい癖で」

謝罪とともに儀礼的に首から提げた教員証を見せ、守衛との会話を終えるとアクセルを踏んだ。学内を、人類学研究室棟に向かってゆっくり走る。

休日ではあるが、学生の姿はそこここにある。部活やサークル活動に参加する学生のほかにも、大学院生の中には土日返上でラボに通っている者もいた。

アメリカにいた頃、御厨も「研究室は文人のスイートホームだ」と揶揄《やゆ》されたものだ。骨が恋人だと笑われても特に気にならなかった。

恋人に嘘をつかれては嘆く彼らとはちがい、骨は正直だ。

肉が刮《こそ》げ、細胞がなくなってもずっとそこに残る。何十年、何百年も。そして、後世の人間に真実を語りかけるのだ。

ハンドルを切り、人類学研究室棟のある建物の前で停車した。

台車を使って段ボール箱を運ぶ。エレベーターで三階まで上がり、自身のラボで段ボール箱を下ろすと、残りの骨を回収するために回れ右をした。

「おや、御厨くん」

エレベーターへ向かう廊下で、小野塚と鉢合わせる。帰りは夜になると聞いていたが、早めに終わったようだ。

「おかえりなさい、先生」

小野塚は他校へ講義に出かけていた。学部長であり、著名な人類学者でもあるので国内はもとより海外の大学に招かれることも少なくない。

「ただいま」

耳に心地よい穏やかな声を聞いて、御厨はほほ笑む。

チャコールグレーのスーツに同系色のハットを手にした小野塚教授は、御厨が知る限り大人の中で見た目と中身のバランスのとれた紳士で、なおかつクレバーな人間だった。

完璧《かんぺき》に整えられた灰色の頭髪もさることながら、うっすらと横皺のある額すら魅力的に見える。眦《まなじり》の下がった目にはひとの善《よ》さが、心持ち鷲鼻《わしばな》なところには研究者としての一徹な性格が滲み出ていた。

身長は御厨よりもやや低いが、誰より大きく思えるし、存在感がある。

五十代になったときは自分も小野塚のようになっていたい、それが御厨の目標だった。

「お疲れでしょう」

御厨の労《ねぎら》いに、小野塚の目尻《めじり》に笑い皺が刻まれる。

「ええ。そうですね。とても優秀な学生さんばかりだったので、いささか緊張しました」

疲れた仕種で首を左右に傾ける小野塚とともに、小野塚の部屋へ足を向ける。K大では准教授以上には各人個室が与えられているが、御厨がそこで過ごす時間は短い。ラボにこもっているためだ。

職員専用の寮の自室にいるよりも長い時間を費やしていた。

もっとも、御厨の部屋は長居できる場所ではなかった。整理整頓された小野塚のそことはちがい、床には段ボール箱、書架や机の上にはファイルに資料、文献と山積みになっているせいで、足の踏み場もない状態だった。

いまのところ片づける気はない。なにがどこにあるか、そこになにが書かれてあるか自分の頭に入っているので、どれほど雑然としていようとなんら支障はなかった。

「ところで、例の人骨はどうですか。気になったので懇親会を途中で抜けて戻ってきたのですが」

コーヒーメーカーからコーヒーをふたつのカップに注ぎながら、小野塚が問うてくる。大量の人骨が発見されたので小野塚も気がかりだったようだ。一年前から予定されていた講義でなければ出張を取りやめていただろう。

「大半はラボに運びました。もう一回、これから行くつもりです」

小野塚の手からカップを受け取ったものの、やはり残してきた骨が気になり始める。立ち入り禁止になっているので大丈夫だとは思うが、興味本位で荒らす者がいないとは限らない。

「やっぱり、すぐ行ってきます」

コーヒーを一口だけ飲み、御厨はカップをローテーブルの上に置くとドアへ靴先を向けた。ドアノブを摑《つか》んだとき、背後でくすりと笑い声が耳に届いた。

御厨は、肩越しに小野塚を窺《うかが》った。

「いえね、御厨くんは本当に研究熱心だと思いまして。立派に成長しましたね。私も鼻が高いです」

下がりぎみの目尻をさらに下げて優しいまなざしを投げかけてくる小野塚に、御厨の胸は熱くなる。小野塚に誉められることがなにより誇らしかった。

肉親のいない御厨には、この世で大事なものがふたつある。研究と小野塚だ。その両方を、小野塚が与えてくれた。

「先生に誉めてもらえて、僕も鼻が高いです」

気恥ずかしさから目を伏せ、一礼すると足早にオフィスをあとにする。軽トラックに乗り込んだ御厨は赤く染まった西の空に向かってアクセルを踏み、軽快に発進させた。

2

自宅兼事務所として使っているメゾネット式のマンションの一室で、テーブルに額を擦りつけんばかりに頭を下げる初老の男を、どうしたものかと迷いながら坂巻《さかまき》は見つめていた。

小柄で品のいい五十半ばの男性だ。仕立てのいいスーツや糊《のり》のきいたシャツから、生活に余裕があることが窺《うかが》える。

やや疲れて見えるのは、心労のせいだろう。気の休まるときがないと、彼は最初に坂巻に弱音をこぼした。

彼の頭頂部からテーブルの上の灰皿に視線を移動させる。むしょうに煙草《たばこ》が吸いたかったが、この灰皿は坂巻用ではなく来客のために用意してあるものだ。

探偵稼業とはいえ客商売である以上こだわりはあった。依頼主の前で煙草を吹かさない、脚を組まないというのは基本中の基本だ。

ぐっと堪《こら》えて、ふたたび男へと目を戻した。

「どうかお願いします」

何度も頭を下げる姿を前にして、坂巻は重い口調で切り出した。

「こちらとしても、お受けするのは吝《やぶさ》かではないんですが」

ことがことだけに慎重にならざるを得ない。実際、軽々しく承諾できるものではなかった。

「それじゃあ、受けていただけるんですね」

顔を上げた男は期待に表情を輝かせる。なかなか色よい返事をしない坂巻に焦《じ》れ、身を乗り出してきた。

「吝かではない、んですが」

坂巻が返答を渋るのには理由があった。

依頼内容に問題があるのだ。

依頼人は、近所に住む中邑《なかむら》という独り暮らしの男性だ。その事件までは大工で生計を立ててきたという彼の顔には溝のような深い皺《しわ》がいくつも走り、肌は乾いている。白髪混じりの短髪に、職人気質の頑固さが垣間見《かいまみ》えるようだった。

「それならどうか承知してもらえませんか。このままじゃ息子が不憫《ふびん》で……」

掠《かす》れた語尾に積年の悔恨が滲《にじ》む。中邑の苦悩は、坂巻にも痛いほど伝わってきた。

早くに連合いを亡くし、以来男手ひとつで息子の貴治《たかはる》を育ててきたという。

ある日、学校に行ったきり貴治が戻ってこなかった。

これまでも遅く帰ってくる日はあったので、特に気にせず先に夕飯をすませてテレビを見ていた父が異変に気づいたのは、壁の時計が十時を差したときだ。

さすがに遅すぎると心配になり、息子の友人の家に電話をかけていった。が、誰も貴治の行《ゆ》方《え》を知る者はおらず、日付が変わるのを待って警察に捜索願を出した。

警察はすぐさま対処した。

三日後には顔写真を公開すると、捜索範囲を広げて二千人もの人員を割いた。が、一週間たっても二週間たっても成果は得られず、最後に学校を出た際に目撃されて以降、中邑貴治はまるで泡みたいに消えてしまった。

一ヶ月、二ヶ月といたずらに月日ばかりが過ぎていき――メディアがこの件への興味をなくした頃と同じくして、警察も捜索規模を小さくしていった。

中邑貴治が常日頃から遠くへ行きたいと漏らしていたという友人の話もあり、表向きは捜索継続としながら、半年もたつ頃には事実上未決扱いとされてしまったのだ。

「警察にはお話しされてみたのですか」

警察という単語を口にした途端、中邑の顔が苦々しく歪《ゆが》んだ。

「警察なんて、なんのあてにもしていませんよ」

穏和な雰囲気も一変、敵でもあるかのごとく荒々しく吐き捨てる。この一件に関して過去に警察と一悶着《ひともんちゃく》あっただろうことは想像に難くない。

警察の事情は坂巻にも十分理解できる。毎日新たな事件が起こっていく中、事件性の薄い事案よりマスメディアの注目度の高い凶悪事件に力の比重が傾いていくのは至極当然のことだった。

「一年たたないうちに、ろくに相手にもしてくれなくなりました。まるで私ら親子の仲が悪かったんじゃないかって疑いまでしたんですよ。自分たちの無能を棚に上げて」

唇を嚙《か》んだ中邑に、坂巻は短髪を掻《か》いた。父親の気持ちは理解できる。

中邑貴治が消えてもうすぐ七年がたつ。

彼は当時十五歳、高校一年生だった。

世間や警察にとっては取るに足らない些細《ささい》な出来事であっても、親はちがう。何年たとうと時間がその瞬間で止まったままなのだ。

中邑が今回共通の知人を介して坂巻に接触してきたのは、父親なりの事情があった。

行方知れずになって七年たつと、家族が望めば死亡届を出せる。待つばかりの人間にとって、ひとつの節目になる年だ。

もとより中邑は望まないはずだが、父として息子がそういう立場にあるという事実に耐えられないのだろう。

「わかりました」

気重な空気を払拭《ふっしょく》すべく、坂巻は明瞭《めいりょう》な声を発した。

仕事に取りかかるうえで坂巻がまず気をつけているのは、できる限りリラックスできる雰囲気を作ることだ。リラックスすれば、相手は懐を開いて話を切り出しやすくなる。

坂巻は長身で体格もよく、強面《こわもて》だと自覚している。太い眉、切れ上がった眦《まなじり》、骨張った鼻梁《びりょう》と顎《あご》のライン、大きめの唇は悪人を威嚇するには役立つが、依頼人にまで圧迫感を与えては元も子もない。

それゆえ、表情と口調には気を遣う。

「……坂巻さん」

中邑がテーブルに落としていた視線を上げた。その目は微《かす》かに充血していて、彼がいかにこの七年間苦悩してきたかを察するには十分だった。

「――ですが、もしかしたら中邑さんにとっては知らないほうがいい事実が発覚するかもしれません」

坂巻が渋っていた理由は、まさにこれだった。七年という月日はけっして短くはない。いまさら混ぜ返してよけいな事実を知るはめになるかもしれないし、あるいは、すべて徒労に終わる場合もあるのだ。

「覚悟はできています。たとえ死んでいたとしても、骨の一片でもいいんですよ。息子がうちに帰ってきてくれさえすれば」

中邑の本音だ。

「なんの収穫も得られなかった場合は、経費が無駄になります」

これにも意志は変わらない。

「承知しています」

間髪《かんはつ》を容《い》れずに返答する中邑にこれ以上告げる言葉はなく、坂巻は調査費等の条件についての提示に入った。

「うちは日割り計算でやっています。それに加えて経費は別にいただくことになりますが」

詳細をプリントしたものをテーブルに置くと、中邑はろくろく読まずに紙を折り、上着のポケットに突っ込んだ。

「金の心配はしないでください。これでも多少の蓄えはあります」

大工を引退したあとは家賃収入で生計をたてているのだと、最初に聞かされていた。本人の言う通り、金銭的には問題なさそうだ。

「では、息子さんの写真を二、三枚いただけますか。当時の交友関係は、わかる範囲でいいので教えてもらえると助かります」

中邑は、ソファの隣に置いていた鞄《かばん》を持ち上げると中から封筒を取り出した。

「そう言われると思って、写真は用意してきました」

手渡された封筒の中身を確認する。制服に身を包んだ、まだ面差しに幼さを残した少年が緊張の面持ちで映っている。高校の入学式の日だろう、どうやら自宅の玄関先で撮ったものらしかった。

なかなかの好男子だ。アイドル系とも言える目鼻立ちをした彼は、さぞかし女子にモテたにちがいない。

二枚目を見る。こちらは友人とふたりで撮ったもので、ふたりともジャージ姿で愉《たの》しそうに笑っている。

「バスケ部で、遠征に行ったときのものです。この飯島《いいじま》くんとは同じクラスで、家が近所で部活も同じだったので仲がよかったみたいです」

三枚目はさらに人数が増え、七人で撮ったものだった。

「こちらはバスケ部の一年生で撮ったもので、右から鈴木《すずき》くん、遠藤《えんどう》くん、池田《いけだ》くん、それから――」

この七年間、幾度となく写真を眺めてきたのだ。自分でも友人たちに話を聞き回っていたかもしれない。

やるせない気分で、坂巻は写真を預かった。

もし自ら行方を晦《くら》ませたのだとすればこれほどの親不孝はないし、事件に巻き込まれたというなら悲劇的だ。親不孝ですめばいいがと願わずにはいられない。

中邑が帰っていくと、入れ替わりに奥のキッチンからパートナーである加納《かのう》が姿を現した。加納は、いまの話の一部始終をキッチンで聞いていた。

依頼人に応じるのは、どちらか一方と決めている。ふたりいると、依頼人は必ずと言っていいほど迷い出す。自分の望む結果が得られなかった場合、担当者を変えてくれと不満をぶつけ出す者もいる。

坂巻と加納は真逆のタイプなので、なおさらだった。

「大丈夫なのか?」

常にシャツとジーンズというカジュアルなスタイルの坂巻とはちがい、加納は普段からきちんとした服装をしている。元地裁の検事という経歴のせいもあるだろうが、元来の性格によるところが大きい。一番上まで留められたシャツの釦《ボタン》といい、きっちりと折り目のついたスラックスといい、乱れはわずかもない。

顔立ちもそうだ。涼やかな目許《めもと》と細い鼻梁、引き結ばれた一文字の唇は完璧《かんぺき》な形で完璧な位置にあり、その怜悧《れいり》な雰囲気と相まって一見冷たく感じるほどだ。

実際、加納は物言いがストレートで辛辣《しんらつ》な男だが、学生時代から不思議と馬があったし、頼りになる男だと坂巻は知っていた。

「大丈夫かって、なにが？」

煙草に火をつけながら、ソファを回り込んできた加納に上目を投げかける。加納がなにを言わんとしているのか、坂巻にもわかっていた。

「七年もたって失踪者の行方が判明した事例はほとんどない。その事実を依頼人に言うべきだった」

ああ、と煙とともに相槌《あいづち》を打つ。

「言っただろ？　無駄になるかもしれないって」

「かもしれないではなく、その可能性が高いと言えばよかったんだ。黙っていれば、結果的に依頼人の信頼を損なうはめにもなりかねない」

加納の言うことはもっともだ。年月という壁はなにより高い。それを承知で、坂巻は故意に言わなかった。

「依頼人との信頼関係なくしてこの仕事は成り立たない」

「…………」

そうだろう？　と厳しく窘《たしな》められればぐうの音も出ず頭を掻く。苦い気持ちで坂巻は吸いさしの火を消すと、中邑が手をつけなかったコーヒーカップを拾い上げ、ごくりと一口飲んだ。

「ぬる」

すっかり冷めていたが、そのまま一気に飲み干し二本目の煙草を銜《くわ》えた。口直しに口中と肺を煙で満たし、肩をすくめる。

「わかってるよ。けど、たとえ言ったとしても、父親はあきらめないさ」

待つ者にとって希望は支えだ。初めから心を挫《くじ》くような真似《まね》をする必要はない。そう思ってしまった。ひたすら息子の帰りを待ち続ける中邑に対する、いらぬ同情だと指摘されれば反論の余地はないが。

「無駄な期待をさせるのは、それこそ気の毒だ」

正論をぶつけられ、坂巻は鼻に皺を寄せた。

今回ばかりは勝ち目はない。分が悪いのは誰より自分が承知していた。

「その通りだ。おまえが正しい。けど、うちに仕事を選り好《え》みしている余裕はないし、受けちまったものはしようがないだろ？」

これ以上責められては敵《かな》わないので適当な答えではぐらかし、銜え煙草でソファから腰を上げた。自己嫌悪に陥る前に、早々に逃げ出すことにする。

スニーカーを引っかけ、マンションを出た。

坂巻の愛車である青のフィアットは、五年前に中古で買ったものだ。一九七五年に生産されたそれはなかなかどうしてよく働いてくれる。

たまのエンジントラブルなどご愛嬌《あいきょう》だ。

携帯で電話を一本かけてから、愛車を宥《なだ》めつつアクセルを吹かす。行き先は、あまり気は進まないものの昔もいまもなにかと関わりのある古巣だった。

二十五歳で念願だった刑事になった坂巻だが、すぐに挫折《ざせつ》するはめになった。お上のやり方に不満を抱き始めた矢先に、事件で同僚を亡くしたのだ。

若造ゆえの甘さだと自分でもわかっているが、当時は落ち込んだし、傷つきもした。

高校の同級生だった加納とばったり顔を合わせたのは、そんなときだ。飲みに誘い、くだを巻いた坂巻はそこで加納に、探偵でも一緒にやらないかと持ちかけた、らしい。

なぜ探偵だったのか、坂巻自身にもわからない。なぜなら酔っぱらっていたせいでなにも憶《おぼ》えていなかった。正気だったなら、地裁のエリートを誘うなんて暴挙にはとても出られなかったはずだ。

結局、坂巻は一ヶ月後に警察を辞めた。なにもせずにふらふらしていた坂巻のもとを、数ヶ月後、加納が訪ねてきた。

――抱えていた仕事を処理していたから、少々遅くなってしまったが。

そして、坂巻にそう告げたのだ。

大抵のことでは動じないと自負していた坂巻でも、さすがにこれには驚いた。当然だろう。昔の同級生の、しかも酔ったうえの戯《ざ》れ言《ごと》をまともにとり、みなが羨《うらや》むエリートコースをさっさと外れてくる奴がいるなんて誰が思うだろう。

しかも加納は母ひとり子ひとりで育ち、母親に楽をさせてやりたいと昔一度口にしたことがあった。

もしかしたら加納にもなんらかの事情があったのかもしれない。しばらくして坂巻は、それとなく聞いてみた。

――検事として自分は失格だ。私情に囚われて公平な裁判に臨めるはずがない。

加納は静かな声でそう答えた。

なにかあったのは明白だった。クソがつくほど生真面目な男なので、己のミスが許せなかったのだろう。

坂巻は、それ以上の詮索《せんさく》はやめた。加納と探偵事務所を始めることになんら問題はなかったし、むしろ瓢簞《ひょうたん》から駒が出たような心境だったのだ。

すぐに『S&K探偵事務所』を起《た》ち上げ、仕事を始めた。

家出少女の捜索、旦那《だんな》の浮気調査。婚約者の素行調査に、行方知れずになったペット捜し。屋根の修繕。

探偵事務所というにはいささか何でも屋の様相を漂わせ始めているものの、依頼はコンスタントに入り、この不景気のさなかそこそこうまくいっている。

欲を言えば、月に五日ほどゆっくりとできる休日があればいいし、一年に一回くらいは温泉にでも行って羽を伸ばせる余裕ができたら最高だが、何事も焦りは禁物だ。

愛車を走らせていた坂巻は、視界に入ってきた建物を前にして無意識のうちに眉間に皺を寄せていた。

いつ来ても高圧的なオーラを発している場所だ。いまになってみれば、自分がいかにこの場所に不似合いだったのか痛感する。ようするに学生時代から成長していないのだろう。いまも昔も落ちこぼれだ。

駐車場に愛車を乗り入れ、空いたスペースに停《と》めた。首を左右に傾けたあと、よしと気合いとともに車を降りる。制服警官や一般市民が出入りしている警察署の正面玄関から、中へと足を踏み入れた。

窓口に座る女性職員に声をかける。坂巻が現役時代にはまだ高校生だったという彼女とは、すでに顔見知りだ。

「久しぶり。元気だった?」

にこやかに挨拶を交わし、

「今度の休みにデートしようか」

何度か使ったジョークを口にすると、彼女が頰を膨らませる。どうせ本気で誘ってくれるつもりなんてないくせにと、こちらも何度目かの返答を聞いてから坂巻は用件に入った。

「新川《しんかわ》刑事と約束しているんだ」

新川は、以前同じ結城《ゆうき》班に所属していた。早々にリタイアした坂巻とはちがい、順調に出世して現在巡査部長という階級にある。

かつて亡くなった同僚は、新川の相棒だった。

「坂巻」

自分の名前を呼ぶ声に、右手の通路へと目をやる。こちらから呼び出す手間を省いてくれたのか、それとも坂巻にうろつかれたくないのか、新川が姿を見せた。

一分の隙《すき》なくスーツを着こなした新川に、相変わらずだと感心する。

新川と坂巻は、外見も中身も水と油と言ってもいいほどかけ離れている。年齢こそ同じだが、それ以外共通点はひとつもない。

新川は几帳面《きちょうめん》を通り越して潔癖性のふしがあり、実際、机の上は舐《な》めたように綺麗《きれい》だった。

眼鏡には指紋ひとつついておらず、アイロンのかかった清潔なハンカチが常にポケットに入っているような男だ。

一度トイレで鉢合わせた際、洗った両手を振って水を切った坂巻を見て、まるで凶悪犯にでも遭遇したかのごとく顔をしかめたことがあった。おそらく新川は、坂巻をどうしようもなく不潔な人間だと思っているのだろう。

同じ釜《かま》の飯を食っていた頃は正直なところいけ好かない奴だと思っていたし、新川のほうもどうやら坂巻を疎んじていたふしがあったが、いまはそれを態度に出すほど互いにもう青くはない。

窓口の女性職員に手を上げ、新川の背中を追う。新川は、凶悪事件が起こった際に捜査本部として使用される会議室のドアを開け、無言で自分が先に入ると、手にしていた封筒を長机の上に置いた。

「事件性がないと判断されたものとはいえ、本来なら署外秘だ」

眼鏡の奥の双眸《そうぼう》が不愉快さを滲ませ、鈍く光る。

「わかってるって」

車中から事前に電話をして、当時の調書を見せてもらえるよう約束を取りつけた。当然新川は拒絶したが、以前、坂巻が犯人逮捕に繋《つな》がる情報を提供してやった出来事を持ち出すと不承不承承諾した。

新川の性格では、坂巻に借りを作ったままというのは我慢ならないのだ。

「これで貸し借りなしだ」

憮然《ぶぜん》として言い放った新川に頷き、坂巻はパイプ椅子《いす》に腰かけて封筒の中身を取り出した。目の前で仁王立ちしている新川の、好意的とは言えない視線にうんざりしつつ七年前の調書に目を通していく。

当時十五歳だった中邑貴治は、学校帰りに突然消息を絶った。翌日、駅前で中邑貴治の自転車が発見されたが、足取りはまるで摑めなかった。

不審者の目撃情報はなし。トラブルに巻き込まれている様子もなし。中邑貴治は成績も運動も平均以上にでき、目立つほうではないとはいえ性格も明るかったようだ。

友人による供述で、頻繁に会っている交際相手の存在が明らかになっている。けれど、肝心のその相手が誰であるかを知る者は皆無だった。

同級生なのか、他校の生徒なのか、それとも社会人なのか。ふたりが交際の事実を隠していたとしか思えない。

十五歳という年齢ならば、むしろ友人たちに自慢するか相談するかしていてもいいはずだ。それがまったくないというのは、よほど用心深い交際をしていたのだろう。裏を返せば、用心深くならざるを得ない相手だったということだ。

不倫か。あるいは教職につく者か。

家を出て遠くへ行きたいと漏らしていた——これはバスケ部の友人、飯島の供述だ。

そのせいで親子仲が悪かったのではないかと疑われ不愉快な思いをした。そう中邑は憤慨していたが、秘密の交際相手のせいだとも考えられる。

思春期は夢見がちだ。

誰にも邪魔されない場所でふたりきりで暮らしたいと夢を見ていたとしてもなんら不思議ではない。

「これもう、未決箱に放り込まれているんだろ?」

ひと通り読み終えた坂巻は、ひらりと調書を示した。

新川は憮然とした表情で、眼鏡の蔓《つる》を人差し指で押し上げた。

「そこに書かれていることがすべてだ。警察はやるべき仕事はした。なんら非難されるところはない」

「…………」

誰もそんなこと言ってねえだろ。新川の言い方に呆《あき》れる。

単なる確認作業にこうまで歪んだ受け取り方をされては、最早腹も立たない。つくづくこいつとは合わないと再認識するだけだ。

「父親の依頼を受けて俺が調査することになった」

礼儀として伝え、パイプ椅子を立ち上がる。

「おい」

長居をする気はなく——新川もそれを望んでいるだろう——用件を終えると即刻立ち去ろうとした坂巻だが、いったん足を止めた。

「それは置いていけ」

新川は坂巻の手にある調書を指差し、顎をしゃくる。

「あー、これね」

坂巻は調書を長机の上に戻し、そう睨《にら》むなと両手を上げて言外に伝えた。が、先方に歩み寄ろうという気配は微塵《みじん》もなく、終始怖い顔で憮然とした態度を貫く。坂巻のことを、害虫かなにかと思っているにちがいない。

「それから、うちの職員によけいなコナをかけるなよ」

ドアを閉めるまでそんな忠告をしてくる新川に、坂巻はわざと慇懃《いんぎん》に礼を言うと、これ以上不快な言葉をぶつけられないうちに早々に退散した。

「まいったな」

想像通りの展開になり、車中で一服する。煙草片手に愛車を次の目的地に走らせた。こちらは古巣に比べればずいぶんと気楽な場所だ。

およそ十五分後、坂巻は地方新聞社のビルの正面玄関を通り抜け、顔パスでエレベーターに乗り込んでいた。

三階に到着して整理部のドアを開けると、いきなり白く澱《よど》んだ空気に襲われる。右手を振って煙を払い、雑然としている室内を見回した。

ぎっしりと並んだスチールデスクの上は、整理整頓とは無縁だ。坂巻のデスクも大概ごちゃごちゃしているが、それでもこの部屋よりはましだと断言できる。

充満した煙草の煙。それを吹き飛ばすかのように行き交う声。

角にはパーティションで仕切られた応接スペースがあるにはあるが、ソファが社員の仮眠場所になっていることを坂巻は知っていた。

視線を巡らせ、目当ての男を見つけ出す。彼はパソコンに向かって口から濛々《もうもう》と煙を吐き出していた。傍《そば》の灰皿に堆《うずたか》く積まれた吸い殻は、三箱分は下らないだろう。

「山下《やました》さん」

坂巻が歩み寄ると、パソコンを凝視したまま山下が指を三本立てた。三分待ってくれという意味だ。

坂巻は頷き、その場を離れて廊下へ出る。壁にもたれ、シャツの胸ポケットから煙草を取り出し唇にのせた。

先刻読んだ調書の内容を頭の中で反芻《はんすう》しながら火をつけ、おとなしく時間を潰《つぶ》す。そろそろ灰が床に落ちるかという頃、整理部のドアが開いた。灰皿を手にした山下が、やあ、と疲れの滲《にじ》んだ顔を見せる。

「すみませんね、急に」

しばらく自宅に戻っていないのか頭髪はぼさぼさで、髭《ひげ》も伸び放題だ。皺だらけのシャツからは汗の臭いが漂ってきた。

「相変わらず忙しそうですね」

山下の手にある灰皿に灰を落とし、労いの言葉をかける。山下は目頭を押さえ、最近出っ張りぎみだという腹を揺すった。

「大物議員汚職騒動の渦中だからな」

あれか、と坂巻も最近メディアを賑わせているニュースを思い浮かべた。この一ヶ月、テレビや新聞、週刊誌は軒並みそのネタを大きく取り扱っている。国会で野党議員が唾《つば》を飛ばして質問している姿を誰でも一度は目にしているだろう。

整理部は、現場の記者が書いた原稿を紙面にレイアウトしていくのが仕事だ。記事を吟味しつつ、より素材が生きるように紙面に見栄《みば》えよく並べていく。そして、見出しは重要だ。読者に興味を持ってもらうには、わかりやすさはもとよりインパクトも必要になる。

山下は、その道ではベテランだった。

「で？　なんの用だ？」

坂巻と山下は、二年ほど前に仕事で知り合った。以来、たまに情報のやり取りをしている関係を築いている。「ギブ&テイク」がもっとも好きな言葉だという山下には回りくどいやり方は通用しない。

「じつは、山下さんの記憶力を頼りたくて」

ことのあらましを説明していく。山下なら地元で起こった未解決事件には必ず興味を持ったはずだし、記憶力に関してなら誰より信頼できる。

「あー、あれか」

山下の充血した目がぎょろりと動く。たくさんある記憶の抽斗《ひきだし》の中から、中邑貴治の一件を引っ張り出しているのだ。

「あれは結局見つからないままだろう？　交際相手がいたっていうから、どこか遠くでうまくやっているんじゃないか」

適当に流そうという腹らしい。そうはいくかと、坂巻はもったいぶった口調で「ギブ」を切り出した。

「そういや、この前山下さんのところでスクープした俳優のドラッグ事件」

山下の上瞼《うわまぶた》がぴくりと痙攣《けいれん》する。

「あれを扱う検事、加納の知り合いなんですよ」

心中で加納に謝罪する。加納は、たまに坂巻が使うこの手の駆け引きにいい顔をしない。

「ついこの前も連絡取ってましたね」

まだつき合いがあることを強調する。素知らぬ顔をしているが、山下が無精髭《ぶしょうひげ》の顎を撫でるのは食いついてきたときの癖だった。おそらくいま坂巻の顔には、そっちの番だという期待が表れているだろう。

「当時小耳に挟んだんだが」

銜えた吸いさしの隙間《すきま》から「テイク」が語られる。

「行方知れずになった坊主は、頻繁に教会に出入りしていたって話だ。悩み事でもあるのかと神父が何度か声をかけても、そのたびに『なんでもない』と答えたっていうが——クリスチャンでもない十五のガキが神様に悩み事を相談するかね」

自身でも調べてみたのだろうか。当時から山下が疑問に思っていたという証拠だ。

教会、と坂巻は呟く。

中邑貴治が交際相手について人知れず悩み、教会に通っていたというのは十分考えられる。無宗教の人間であっても神にすがりたくなる瞬間はある。が、山下の言うことももっともだった。

十五と言えば多感な頃だ。強がりたい時期でもある。クリスチャンでもない十五歳の相談相手に神様は不似合いに思えた。

吸いさしを灰皿に押しつけた坂巻は、礼を言って山下と別れる。行き先は決まった。その足でその教会へと向かった。

愛車で学生の屯《たむろ》している駅前を通り過ぎ、横道に逸《そ》れ、古い街道を南下する。教会は町でひとつ、住宅街から離れた場所にあった。

数年前、すぐ近くから古墳が発見されて以来、周辺一帯は観光スポットになっている。一方、教会の裏山といえば過去に首吊《くびつ》り自殺があったため、子どもたちが入らないようにと親たちが目を吊《つ》り上げて注意する場所だった。

小学校のグラウンドの傍を走り抜け、四つ角を左折する。そのまま緩い坂道を進み、産業道路を横切ると、それまでびっしりと建ち並んでいた住宅が途切れる。

しばらく進むと「古墳入り口」の看板の向こうに、教会の尖塔《せんとう》が見えてきた。

駐車場兼、フリーマーケットや各イベントのときに活用される広場に乗り入れ、軽トラックの隣に停車した。車を降りた坂巻は、そういえば教会を訪れたのは小学生のときのクリスマスイベント以来だと思い出す。

その際、騒いで神父と父親にこっぴどく叱《しか》られた。日曜ごとのボランティアを命じられ——幾度となくサボってまた叱られるというループは、坂巻が中学に上がるまで続いていた。

中学に入学して心を入れ替えたというわけではなく、もうあいつは駄目だと先方があきらめたせいだった。

二十年以上昔の、坂巻の生まれ故郷である四国《しこく》での話だ。

ばつの悪い心地になりながら、数メートルの石畳を歩いていく。ボランティアの人々と地域の子どもたちが協力をして作ったという花壇を眺めつつ、ゴシック風の建物に近づいた。

坂巻が教会の扉を開けようと手を伸ばしたとき、先に内側から開いた。

「あ、失礼」

城田《しろた》神父だ。城田神父は温厚で住民の信頼も篤く、仁徳者のようだ。とは、山下の弁だった。

年齢は坂巻より幾分上だろう。が、それにしても坂巻では到底真似できない慈愛の笑みを、神父はその柔和な面差しに浮かべた。

「いえ、こちらこそ。教会にご用ですか」

真っ白なローマンカラーのシャツ同様、清潔感あふれる神父に持参した名刺を差し出す。神父は両手で受け取ると、名刺に目を落とした。

「探偵の方ですか」

怪訝《けげん》に思うのは当然だった。教会に探偵は似合わない。

「じつは、現在調査している件で、お話を聞かせていただけないかと思いまして」

「………」

神父の表情が硬くなる。

「なにか、事件でも起こったのですか」

事件ではなく七年も前の失踪者の件だと説明したが、神父はなおも細い眉をひそめた。

「……彼のことは、憶えています」

神父にとっても印象的な出来事だったにちがいない。自分が相談にのっていればと心残りもあるだろう。

「中邑くんですが――」

どんな様子だったか、なにか言っていなかったか、些細なことでもいいので聞きだそうと切り出した坂巻だが、途中で言葉を切った。こちらに歩み寄ってくる男の存在に気づいたからだ。

「城田さん、どうかされましたか」

三十代後半のがっしりとした体軀《たいく》の男だ。プルオーバーの上からでも発達した胸筋が窺える。

太い首の上にのった顔に憶えはない。彼はキャップを脱いでスポーツ刈りの頭をあらわにすると、肩にかけたタオルで汗を拭《ぬぐ》った。

神父は、彼を森脇《もりわき》さんと呼んだ。森脇は、ボランティアで教会に出入りしている奇特な人物らしい。

神父が妙な男に絡まれていると思い、飛んできたようだ。

「なんでもありません。こちらは坂巻さんと仰《おっしゃ》る、探偵の方です」

神父の紹介を受け、坂巻は森脇に会釈をした。

「探偵？」

探偵という職業が、なんらプラスにはならないと知る瞬間だ。確かに、胡散臭《うさんくさ》い商売に思えたとしてもしようがない。

森脇は好奇心と疑念を、その浅黒い顔に浮かべた。

「それで、探偵さんが教会になんのご用ですか。まさか、懺悔《ざんげ》にこられたわけじゃないんでしょう？」

あからさまに皮肉を込めた森脇を、神父が視線で窘める。

「構いませんよ」

腹の中ではこの野郎とムカついていても、我慢できる程度だ。森脇の反応は礼儀正しいとは言えないものの、こういう反応には慣れていた。探偵という職業を胡散臭く思う人間はどこにでもいる。

「神父さんにお話を伺いにきたんです」

「話？」

それにしても、よほど疑い深い性分のようだ。それとも、信仰心のある人間の目には坂巻が不幸をもたらす悪にでも見えるのか。

「探偵さんがどんなお話を？　興味があるので僕にもぜひお聞かせ願いたいですね」

初対面だというのに、坂巻が敵で、森脇はさながら神父を守るヒーローのごとしだ。

「森脇さん」

神父が割って入った。

「こちらは大丈夫ですので」

暗に向こうへ行ってほしいと告げた神父になにか言いたげな様子を見せた森脇だったが、すみませんね、と口先だけの謝罪をして去っていった。

その後ろ姿を見送った神父が、坂巻に向き直った。

「行方知れずになった少年の件でしたね。憶えてはいますが、結局私はなにもできなかったので」

睫毛を震わせる。そこにはやはり後悔が窺えた。

「彼は、なにか言っていませんでしたか？　どんな些細なことでもいいんですが」

坂巻の言葉に、神父が思案のそぶりを見せる。けれど、それも短い間で、申し訳なさそうに首を左右に振った。

「そうですか」

初めから、そうすんなり行くなんて都合のいいことは坂巻も考えていなかった。まだ調査を始めたばかりだ。

「もしなにか思い出されたときは、名刺の携帯に連絡ください」

「お役に立てなくて」

神父が軽く辞儀する。

「――いえ」

そう答えながら、坂巻の意識は裏山へと向いていた。

「ところで、賑《にぎ》やかですね」

先刻から、数人が動き回っている気配と声が気になっていた。ボランティアにしては、どことなく不穏な雰囲気が漂っている。

坂巻の問いかけに、神父は重苦しいため息をこぼした。

「じつは、裏山から大量の人骨が発見されたんです」

「人骨?」

思わず鸚鵡返《おうむがえ》しする。神父の口からよもや人骨などという物騒な単語が出てくるとは想像しておらず、面食らったのだ。

「いま、人骨と言われましたか?」

すわ事件かと身を乗り出す。

ええ、と神父は頷いた。

「かなり古いものみたいですよ。百年以上前のものではないかと聞きました」

「あー……」

なんだ。早とちりした自分が気恥ずかしくて、肩の力を抜くと同時に苦笑した。人骨と聞けばすわ殺人事件かと浮き足立つのは悪い癖だ。

古墳のある町だ。古い人骨が発見されたとしてもおかしくない。

話し声が近づいてきた。

「だから、大事に扱ってほしいって言っているだけでしょう?」

語気も荒く吐き捨てた男は、段ボール箱を積んだ台車を押している。なにか問題でも発生したらしい、その傍で頭を下げているのは、グレーの制服に身を包んだ市職員だ。

「すみません。若い奴らには重々注意しておいたんですが」

「でも、現実にふたつも頭蓋骨を落として砕いてしまいました」

「はい……本当に申し訳ありません」

不満をぶつけている男はまだ年若い。二十歳そこそこの学生に見える。四十代の市職員が必死に謝るなどよほどの失態を犯したのだろう。

坂巻がそちらを見ていると、青年と視線が合った。

「…………」

黒々としたふたつの瞳が坂巻を捉《とら》える。不躾《ぶしつけ》、という言葉が可愛く思えるほど、まるで皮膚の下まで覗き込むかの勢いで熟視してくる彼に戸惑ったものの、坂巻はとりあえず作り笑顔を向けておいた。

青年はにこりともしない。その場で足を止めたまま動こうともしない。どこかで会っただろうかと考えてみるが、もし会っていたならおそらく記憶に残っているはずだ。

あまりに青年がじっと見つめてくるので、神父に一礼した後、しようがなく青年のほうへと足を向けた。

「よかったら、手伝おうか？」

くっきりとした二重の目で坂巻を見上げた彼は、こくんと頷いた。

「……お願いします」

たったいま市職員を叱っていた生意気な態度が一変し、やけに殊勝だ。それに視線が気になる。期待と好奇心、その他諸々が込められているうえ、そこには微《かす》かな喜色もあるのだ。

「台車を」

青年に凝視される中、妙な気持ちで坂巻は台車を受けとった。

神父の言葉とふたりの会話から、箱の中身が例の人骨だというのは想像がついた。死体や骨に接した経験のない者に丁寧に扱えというのは酷な話だろう。坂巻は、台車を慎重に押していった。

隣に青年が付き添う。行き先は、坂巻の愛車の隣に停まっている軽トラックだ——が、その間も青年の視線が気になってたまらなかった。

……いくらなんでも見すぎだ。

青年の目は、終始坂巻の顔にぴたりと照準を定めている。

顔になにかついているとでも言うのか。まさか、坂巻自体に問題があるとでも？

確かに、いったいなにを食ったならこんな顔や体軀になるのかと不思議になるほど、同じ男であっても彼と坂巻ではちがう。

長い手足に、小さな顔。坂巻が二十歳くらいのときにはニキビのひとつやふたつ、三つや四つはあったものだが、青年にはニキビどころか黒子《ほくろ》ひとつ見当たらない。

最近の子は男でも外見を気遣うと聞くので、がさつな坂巻が単にものめずらしいだけというのも考えられる。

彼の注視の中、居たたまれない心地を味わいつつ細心の努力で軽トラックの荷台に段ボール箱を移していった。

その際、蓋《ふた》の隙間から肋骨《ろっこつ》がちらりと見えた。

「鋭利な刃で刺されているな」

なにげなく口にすると、青年の目にべつの好奇心が宿った。

「わかるんですか？」

そこには、当てずっぽうではないのかという懐疑の色もある。

「お仕事の関係で？　それとも個人的な趣向ですか？」

他人の言葉を鵜呑《うの》みにしないというそのスタンスは大いに結構だ。

「昔、仕事関係でちょっと」

思わず口が滑ったものの、坂巻は明確な返答は避けた。警察という単語を出したくなかったからだが、彼はまるでできの悪い生徒がようやく正解に辿《たど》り着いたときのような満足げな表情になった。

いかに人骨を大事に思い、市職員の扱いに不満を抱いていたか、この顔だけでも知れようというものだ。

坂巻は、名刺を彼に手渡した。

「――探偵事務所――坂巻芳隆《よしたか》」

文字を読み上げた彼の小鼻がひくひくと動く。

「シャーロック・ホームズみたいな感じですか？　それともブルームーン探偵社？　ナイトライダー……ではないですよね」

そして、興味を抑えきれない様子で矢継ぎ早に質問してくる。その中身がどれもやや古めの選択だというのはさておき、ナイトライダーを選択肢から外したのは金がありそうには見えないという意味だろうか。

短気な人間ならまず腹を立てているぞ、事実だけに――と呆れつつ、坂巻はひょいと肩をすくめた。

「ドラマみたいに格好よく決められればいいけどな。実際は、格好よくなんてないし、仕事を選んでいる場合じゃないから、なんでも屋みたいなもんだ」

今度はどんな言葉の矢が飛んでくるかと思っていたが、青年は黙り込んだ。拍子抜けした坂巻の前でしばし思案のそぶりを見せたかと思うと、

「お仕事をお願いしてもいいですか？」

次の言葉がこれだった。

「仕事？」

「はい。この段ボール箱をラボに運んでください」

迷う必要はない。たとえちょっと変わった若者からの依頼であろうと仕事は仕事だ。

「お安いご用だ」

坂巻が承知すると、青年は軽やかな足取りで軽トラックの運転席に回り込み、ドアを開ける直前で振り返った。

「私は御厨《みくりや》文人《ふみひと》です。先日二十一になりました」

自己紹介をした彼、御厨はその場でじっとなにかを待っている。いったいなんだと不思議に思い坂巻も動かずにいると、痺《しび》れを切らしたのか御厨は再度、二十一歳ですとくり返した。

「あー……ああ、年か。三十二だ」

「三十二」

思っていたより若いと言いたいのかそれとも老けていると言いたいのか。それはわからないものの御厨は坂巻の年齢を知りたかったらしい。そのくせ特に感想を述べることなく、あっさりと行動を再開した。

「では、後ろからついてきてください」

軽トラックに乗り込む様子を見届けながら、坂巻は首の後ろをぽりりと掻いた。清々《すがすが》しいほどマイペースな青年だ。小憎らしい態度を見せたかと思えば、やけに実直な印象だったり。

ただ、ひとつだけはっきりしている。御厨は、坂巻の周囲にはいないタイプだ。

御厨の吹かすエンジン音を聞き、坂巻も愛車に乗り込む。軽トラックの後ろを走りだしてから、そういえば条件の提示を忘れてしまっていたことに気づいたが、いまさらだとあきらめた。顧客を増やすために、たまのサービスは必要不可欠だ。

数十分後、御厨の軽トラックはK大の門扉へ鼻先を突っ込み、停車した。

御厨が守衛と会話し、坂巻を指差す。大方坂巻の素性を説明したのだろうが、一学生の言葉を鵜呑みにして関係者でもない人間を簡単に通してしまうなど、セキュリティー面では合格にはほど遠い。名門K大とは思えない杜撰《ずさん》さだ。

帰りに一言忠告しておくべきかと考えつつ、軽トラックを追った。

人類学研究室棟とある建物の正面に御厨が停車させる。すぐ後ろに停めて愛車を降りた坂巻は、早速仕事に――いや、サービスに取りかかった。

台車に段ボール箱をのせ、御厨とともにエレベーターへと進む。扉が開くと、職員らしき男が下りてきた。

「ああ、これが例の骨ですね、先生」

段ボール箱を覗き込む。

御厨は、そうですと一言答えただけで、エレベーター内に足を踏み入れた。

「……………」

エレベーターが上昇する間、なにかが引っかかり、坂巻はその違和感の理由を考えた。なにに対しておかしいと感じたのか。

「あ」

坂巻の声と、軽やかな機械音が重なった。

先に下りた御厨を、エレベーターの中から矯《た》めつ眇《すが》めつする。外見上はどこから見ても二十一歳の若者だ。すれているかいないかで言えば、他の二十一歳の若者よりは間違いなくすれていないだろう。

「聞き間違いか？」

それゆえ、この一言が口から出たのは致し方ない。

きっと渾名《あだな》だ。もしくは、ホステスが誰に対しても「社長さん」と呼ぶ、あれと同じか。

「いま『先生』って呼ばれなかったか？」

半信半疑で問い質《ただ》した。

御厨は小首を傾《かし》げると、当然とばかりに唇を左右に引いた。

「呼ばれましたよ。准教授なので」

「…………」

本来ならなんの冗談だと笑い飛ばすところだ。しかし、笑えない。なぜなら御厨が冗談を言っているようには見えないからだ。

周りにはいないタイプなのは当然――いや、坂巻の周囲に限らず日本じゅう捜してもいないだろう。

二十一歳で准教授。まぎれもない天才だ。

「まいったね」

世の中は、己の理解を超える驚きにあふれている。だからこそ刺激的だし、坂巻のような商売が成り立つのだが、その中でもトップクラスの部類にはちがいない。

「それだけですか？」

台車を押してエレベーターを出た坂巻に、やや不満そうな声が返る。

「もっと驚いてもらえるかと思いました」

理由は、坂巻の反応のようだ。いまの一言から、坂巻がより驚くタイミングを計り故意に黙っていたとわかる。

「十分驚いているが」

「でも、案外普通の反応です」

数歩先を行く御厨のあとから、台車を押して進む。ラボに入ると御厨の指示に従い、ステンレス台の足許《あしもと》に段ボール箱を下ろしていった。

ラボというだけあって、それらしい部屋だ。四方をスチール棚に囲まれ、その棚にはいくつかの道具とともに、模型らしき骨がところ狭しと並んでいる。本物もあるのかもしれないが、あえてどれがと明確にしようとは思わなかった。

中央にある広いステンレス台は、まるで金属のベッドだ。もちろん、お世辞にも寝心地がよさそうとは言えない。

「いやいや、本当に驚いてるって。きみ、優秀なんだな」

坂巻が誉めると、御厨はなんら謙遜《けんそん》せず「はい」と認める。驚かれたり誉められたりすることに慣れているのだ。

「天才ってヤツだ?」

調子が狂うはずだ。凡人にはとても理解できない。

「まあでも、天才なりに苦労したんだろう?　子どもの頃から大人の世界に入ってさ。えらかったよな」

「…………」

坂巻の賛辞を当たり前として受け止めていた御厨が、これには口を噤《つぐ》んだ。最後の段ボール箱を台車から下ろしてから御厨を振り返ると、御厨は、難問でも突きつけられたかのごとく困惑の表情を見せていた。

「俺、まずいこと言ったか？　もしそうならすまない。デリカシーに欠けるって、よく言われるんだよ」

御厨を覗き込む。視線を合わせると、御厨のこめかみのあたりが微かに赤く染まった。

「いえ——そういう誉められ方は初めてなので」

嘘ではないようだ。平静を装おうとしているところが、一見小生意気に思える天才の純な内面を表している。

なんだ。中身も十分可愛いじゃないかと、年相応の顔を見られたことに坂巻はほほ笑んだ。

「たまには息抜きもしろよ。俺でよければ話し相手にくらいなってやるし」

ぽんと頭に手をのせ、ついでにやわらかい癖毛をくしゃくしゃと掻き混ぜる。子ども扱いしすぎかとも思ったが、たまには子ども扱いする人間がいてもいいだろう。

「おや、お客さんですか」

ラボに初老の紳士が入ってくる。

「先生！」

一瞬前まで所在なさげに立ち尽くしていた御厨は、途端に瞳を輝かせた。よほど信頼している相手だと、一目で察せられた。

「坂巻と言います」

今日は名刺が活躍する日だ。

「彼に頼まれて、段ボール箱を運ばせてもらいました」

仕立てのいいスーツを身につけた紳士は坂巻の名刺を受け取ると、目を丸くした。

「ほう。探偵さんなのですね。さしずめシャーロック・ホームズ――というよりデビッド・アディスンかマイケル・ナイトですね」

この台詞は本日二度目だ。最初はもちろん御厨だが、御厨の趣味がやや古めなのはこの紳士の影響だと知る。

若者に似つかわしくない丁寧な物言いも、おそらくそのせいにちがいない。

「ああ、これは失礼しました。まだ名乗っていませんでしたね。小野塚《おのづか》と言います」

握手を求められ、応《こた》える。

すかさず御厨が補足した。

「人類学では有名な先生です。私の恩師なんです」

誇らしげに語る御厨と、小野塚がほほ笑み合った。ふたりの間に師弟関係以上の信頼が見て取れ、坂巻もつられて頰を緩めた。

「さて、戻ってきて早々ですが、これからもうひとつ用事があって出かけなければなりません。御厨くん、お留守番をお願いしますね」

はい、と御厨が胸を張る。

小野塚の穏やかなまなざしが、坂巻へと向いた。

「坂巻くんもよろしくお願いします」

つられて思わず「はい」と答えてしまってから、首を捻《ひね》った。荷物は運び終えた。いったいなにを「よろしく」すればいいのだろうかと。

小野塚がラボを出ていき、御厨とふたりになる。

「それじゃ俺は――」

そろそろ暇《いとま》を告げようとした坂巻の前で、御厨が段ボール箱の傍にしゃがんだ。中から骨を取り出し、うっとりとした目で見つめる。まさに恋でもしているかの瞳だ。傍《はた》から見れば、けっして感じのいい光景ではない。

外見麗しい青年が、骨を抱いて陶然としているのだ。怪しいという以外の表現が坂巻には思いつかなかった。

「坂巻くん、これ、どこの骨だと思いますか。シンキングタイムは五秒です」

「………」

しかも、これだ。突っ込みどころはいくつかある。まずは「坂巻くん」という呼び方。十も年上の人間に対しての呼称としてはいかがなものか。そして、質問。どこの骨だろうと坂巻が当てる理由はないし、ましてやテストよろしく「五秒」とは……。

「――顎の骨か?」

それらすべてをとりあえず脇《わき》に押しやり答えると、御厨の瞳が輝いた。

「正解。歯列弓と口蓋《こうがい》の深さに黄色人種の特徴が表れています。歯を観察すると、萌出状態《ほうしゅつ》から年齢や性別、経済状態までわかるので、身元確認には欠かせません。ああ、こっちは先程坂巻くんが鋭利な刃の痕跡《こんせき》が残っていると指摘した肋骨です。怪我《けが》をしたのか、それとも手術痕か調べてみる必要がありますね」

「………」

確かに興味深い。一方で、生き生きとしている御厨に、まるで講義でも聴いているかのような気分になってくる。

「それから坂巻くん、これを見てください。この大腿骨――」

「あー……ちょっと待ってくれ」

尻《しり》のあたりのこそばゆさに耐えきれず、今後も延々と続けそうな御厨を制した。どうしてもこれだけは言っておかなければならない。

「その、坂巻くんっていうのは、どうかな」

頭ごなしにやめろと言うのもと考え、回りくどい言い方をしたのがまずかった。

「なにか問題が？　先生が坂巻くんのことを『坂巻くん』と呼んでいたので、私もそうしたのですが。もし問題があるのなら、もちろんすぐにやめます」

「…………」

向こうは年上だからだろ。と、喉まで出かけた言葉を呑《の》み込む。御厨は、信頼している先生に倣《なら》っているのだ。御厨なりの精一杯の愛情表現だと思えば、名前の呼び方のひとつやふたつでケチをつけるのは憚られる。

「……そうだな。なんの問題もない」

普段の自分ならば、目上の者に向かって舐めた口をきくなと一喝しているところだ。ときに説教臭くなってしまうのは、坂巻の癖だった。それを思えば、とっくに御厨にペースを乱されているのだろう。

「よかった」

御厨が心底安堵《あんど》の表情を見せる。天才であろうと二十一歳の若者だ。いや、御厨のほうがよほど素直かもしれない——などと、うっかり油断してしまったせいで、その後三十分以上骨の講義を聞かされるはめになった。

仕事を言い訳に漸う《ようよ》暇を申し出たとき、口ではなにも言わない御厨の残念がっている様子を感じ取り、もう少しつき合ってやればよかったと胸が痛んだ己が信じられなかった。

「あの、代金は」

御厨が上着のポケットを探り出す。

「いいさ。今回はサービスだ」

もとはと言えば見るに見かねて坂巻から声をかけたのだ。あまりに御厨が見つめてきたから、ついお節介をしてしまった。

「またの依頼を」

最後に決まり文句を残し、坂巻は御厨を尻目にラボをあとにした。その足でまっすぐ事務所に戻ると、加納にその日知り得た情報を話していった。とはいっても、新たにわかったことなどほとんどない。

得たのは教会に出入りしていたらしいという情報のみで、中邑貴治が失踪者扱いであるという事実は七年前もいまも同じだ。

加納からの報告も受ける。加納がいま携わっているのは、夫の浮気調査だ。浮気の形跡はある。が、相手の見当がつかない。証拠を摑んでほしいと、会社社長であり十歳年上の妻からの依頼だった。

浮気調査は多いが、世の中知らないほうがいいこともあると依頼主に言ってやりたい。証拠を摑んで溜飲《りゅういん》が下がったという人間はほぼ皆無だ。大概は苦しむはめになる。

「そういや、変わった子に会った」

デスクに腰かけ、煙草を吹かしながら御厨を思い出す。坂巻に骨について語る御厨は、年齢相応に生き生きして見えた。

「なんと二十一で准教授だってさ。天才っていうのはいるもんだな」

変わった青年だというのは間違いない。他の若者がモテたいとか遊びたいとか考えている間に、きっと御厨は骨を観察しているのだ。骨を見るまなざしは特別で、骨が恋人だと言い出しても坂巻は驚かない。

可愛らしい外見をしていながら、馬鹿丁寧な言葉遣いで奇妙なくらい落ち着き払っていた。終始天才らしい聡明な印象を裏切らなかった。

一方で、帰らなければと坂巻が告げたとき、唇をほんの少し尖《とが》らせた。それにおそらく御厨本人は気づいていないのだろう。

御厨は拗《す》ねたり我《わ》が儘《まま》を言ったり、もっと感情を見せればいいのに。友だちと馬鹿騒ぎした経験もないのではと思うと、お節介と承知で素の御厨を引き出してみたい気にさせられる。

——坂巻くん。

その呼び方を思い出して、ぷっと吹き出した。最初は有り得ないと面食らったが、途中からはほほ笑ましいとすら感じた。

十以上年下の男に「坂巻くん」と呼ばれるのも、それほど悪いものではない。

「——坂巻」

加納が怪訝な顔で首を傾げた。

思い出し笑いをしていたと気づき、照れ臭さから頭を掻く。

「確か、子どもは不得手だと思っていたが」

その通りだ。あまりの非礼さに何度説教をしてきたか。

「不得手だよ。ただし若者すべてってわけじゃない」

不得手なのは日本語の通じない若者だ。他人から注意されると反省するどころか逆ギレして故意に非礼な真似をくり返す奴がいる。いや、若者に限ったことではない。大人の中にも唖然《あぜん》とする言動に出る者はいくらでもいるのだ。

そういう人間に関しては、不得手なんて生易《なまやさ》しい単語では片づけられない。

「彼は、非礼どころか同年代の子からすれば堅苦しいくらいだ。天才なんて周りから誉めそやされて、特別扱いされて、年相応に羽目が外せなくなってしまっているんじゃないかな」

その意味では御厨に同情すら覚える。馬鹿をやれるのは、若者の特権だ。

「なるほど」

めずらしいものでも見たかのように加納が肩をすくめる。

「確かになんにでも例外というのはある。その天才を坂巻はよほど気に入ったらしい。なにしろ無償で仕事をしたうえ、その先生の講義まで聴いてきたくらいだ」

痛いところを突かれ、上目で睨みつけた。

「誤解のないように言っておくが、そいつ男だぞ」

例外とか気に入ったとか大きな勘違いだと鼻であしらう。

加納は軽く受け流した。

「いや、だからさ――」

なおも言葉を重ねようとした坂巻だが、その無意味さに気づいて途中でやめた。

加納に言い訳をする必要なんてない。誤解もなにも、二度と会うかどうかもわからないような相手だ。

坂巻は苦笑し、天井へと煙を吐き出した。

「愉しそうですね」

意外な指摘をされ、なんのことなのかわからず御厨は小野塚を見返した。

アフタヌーンティータイムはもともと小野塚の習慣だったが、帰国してからは御厨の習慣にもなった。

ちょうど三時に、小野塚の淹《い》れてくれた紅茶をふたりで飲む。場所は小野塚の部屋のこともあれば、ラボでということもあった。お茶菓子はクッキーやスコーン、和菓子、誰かが出張に出かければその土産《みやげ》と様々だ。

御厨にとって小野塚と過ごす午後のいっときは、なによりリラックスできる大切な時間だった。

「そうでしょうか。普段と同じつもりですが」

今日はラボで、白衣姿のまま傍らに発見したばかりの人骨の山を眺めながらのティータイムとなった。正確に何体分の人骨なのか、年代的にはどれほど古いものなのか、調査すべきことはいくらでもある。

紅茶のカップを手にパイプ椅子に腰かけている小野塚の言葉を、御厨は立ったままで待つ。普段とどこがちがうのか、自分では気づかないので聞きたかった。

「きみはね、好きなものになると饒舌《じょうぜつ》になるんですよ。執着度が言葉数に表れるんです。骨に関してもそうですし、すき焼きとケーキも――大好きですよね」

「――」

小野塚がなにを言わんとしているか、ようやくわかる。そんなわけがないという反論など無意味だ。

小野塚は、御厨のことを誰よりも理解している。

「私は、そんなに話したでしょうか」

自覚がないなんて――ばつの悪さを味わい、頬が赤らむ。どうやら知らないうちに喋《しゃべ》りすぎていたようだ。

「そうですね」

優しい、慈愛に満ちた笑みが返ってきた。

「素敵な探偵さんと出会って、骨に関して知識があって、背が高くて力持ち、人骨のぎっしり詰まった段ボール箱を息も乱さず運んでくれたんでしょう？　ああ、それからひとの目を見て話すひとで、綺麗な喉《のど》仏《ぼとけ》と鎖骨を持っている――でしたっけ？　あとはそう、とてもハンサムで頼りになる」

「…………」

小野塚が呆れるのも当然だ。

ほとんどを話してしまったと言ってもいい。

「……ハンサムで頼りになるなんて、言っていません」

せめてもと訂正すると、小野塚が意味ありげにほほ笑んだ。

「そうですか？　でも、事実でしょう？　彼はハンサムで頼りになるひとです。私も一目で好感を持ちましたよ？」

自分が坂巻に好感を抱いたかどうかなんて、考えなかった。が、小野塚も好感を抱いたというならその通りなのだろう。

最初に坂巻に会ったとき、思わず見惚《みと》れていた。骨格のバランスが素晴らしかったのだ。自然界には黄金分割というものが存在する。人体も同じだ。

坂巻の体軀はまさに黄金分割を形成している。

それは面差しにも言えた。全体的な顔に対して、目や鼻、口が理想的な位置関係にある。しかも表情豊か。御厨から見れば奇跡の産物に見えたのだ。

探偵というのは、なんて坂巻には似合った職業だろう。背が高く、坂巻ほど目立つ人間が事件や人々の悩みを請け負い真摯《しんし》に仕事に向かう。坂巻自身は格好よくないと言ったが、その姿を想像した御厨の心臓は、速いリズムを刻み始めた。

「坂巻くんが、えらかったなって私の頭を撫でたんです」

くしゃくしゃと御厨の髪を掻き混ぜた坂巻の手を思い出す。大きな手だった。

「嬉しかったでしょう」

小野塚がにこやかに問うてくる。

嬉しかったのは本当だ。

「でも……」

坂巻とともにいたのはたったの数時間だ。数時間で他人の内面まで把握するのは難しい。不可能と言ってもいい。それゆえ、現在御厨が抱いている坂巻への好感は、あくまで上っ面のものでしかない。

御厨の戸惑いが伝わったのか、小野塚の笑みがいっそうやわらかくなった。

「私は御厨くんに会ったとき、一目で好きになりましたよ？　それに、もっと仲良くなりたいと思いました」

「先生――」

御厨も同じだ。施設にいた頃、大人も子どもも等しくみな苦手だったにも拘《かか》わらず、小野塚に会った瞬間、どこか安堵《あんど》に似た心地を覚えた。

なぜなのか、理由は判然としない。だが、あのとき、私と来ますかという問いかけひとつで握り返した小野塚の手はとてもあたたかく、それは腕を伝わり確かに御厨の胸にまで届いたのだ。

「御厨くんは、坂巻くんともっと仲良くなりたいと思いますか?」

どうだろうと考える。そう長い時間は必要なかった。もう一度会ってみたいと思う自分は、きっと坂巻と仲良くなりたいのだろう。

「――思います」

正直に、やや早口でそう告げると、紅茶のカップを手にしたままこほんと咳払《せきばら》いをする。急に気恥ずかしさを感じたせいだが、同時に、御厨は本来の目的を思い出していた。今日のティータイムにラボを選んだのには理由があった。

「それで、先刻もちょっとお話した件ですが」

紅茶をこくりと飲み、カップを棚の上に置く。

「人骨は、おおむね古いものでした。百五十年から二百年と考えて間違いないでしょう」

そう前置きをした御厨は、ひとつの頭蓋骨を小野塚に示した。

「でも、これだけはちがいます。数年前のものです。この大腿骨も」

他の人骨とはあきらかに異なる骨をいくつも見つけた。それらはすべて十年以内の新しいものだ。

「紫外線照射試験はやってみましたか?」

「はい。青色に蛍光発色しました」

骨は時間経過とともに有機質が減少していく。新鮮骨は紫外線照射で紫から青色に蛍光を発するが、十年以上で反応が微弱になる。焼骨では反応しない。

つまり、これらの骨は十年以内の新鮮骨なのだ。

御厨の示した骨を熟視する小野塚に、畳みかける。

「これまで見つけた新しい骨に、ひとつとして同じ部位はありません」

頭蓋骨、大腿骨、腸骨、座骨の他にも、上腕骨と腓骨《ひこつ》、脛骨《けいこつ》などの新鮮骨が見つかっている。

「ということは、ちょうど一体分?」

「おそらく」

ようするに、古い骨の中に一体分の新しい骨が混じっていたのだ。その事実が意味するところはひとつ。

「御厨くんは、なにを示唆していると考えますか」

小野塚の問いかけに、迷わず答える。

「誰かが古い人骨の山に新たに骨を、もしくは死体をばらばらにして放置した、ということではないでしょうか」

小野塚が顎に手をやり、ふむと頷く。

「では、こちらから取りかかったほうがいいかもしれませんね」

御厨も小野塚に同感だった。なぜなら、頭蓋骨には外傷を受けた痕跡があった。陥没の程度からいって、直接の死因だと考えられる。

「なにやら穏やかじゃありませんね」

小野塚の案じる言葉を深刻に受け止め、御厨は頷いた。ティータイムを終えると、迅速に骨の選別に取りかかる。数時間後、予測した通り一体分の新鮮骨を捜し当てた。

その一体は男性で、下顎骨の角度や歯の萌出状態、そして大腿骨の遠位の骨端軟骨板が完全に骨になっていないことから、十代半ばと判断した。

身長は約百六十五センチ。死因はやはり頭蓋骨への外傷によるものと思われた。

事故か故殺か。それは、学者ではなく警察の仕事だ。

小野塚によって警察に伝えられた。

骨の主が誰にせよ早く特定されればいいと、御厨も望むばかりだった。

3

仕事に個人の感情は関係ない。たとえどんなに不得手な相手であろうと、いったん仕事となればそれなりに対応する忍耐が必要だ。

「よく思い出してほしいんだ」

自身の我慢強さを試されているような気分で可能な限り穏やかに告げたが、向かいに座った青年はそんな坂巻《さかまき》の心情など少しも察さず、すぱーっと鼻と口から同時に煙を吐き出しながらかぶりを振った。

「知らないなあ」

「…………」

煙草《たばこ》を吸うなら同席者に一言断るべきだ。それ以前に、二十二歳にして洋モクを吹かしているところが気に入らない。

実際にホストをやっているらしいので、ホストのような外見はいい。遠慮のない態度も許そう。まずいのは、年上に対してタメ口で喋《しゃべ》るところだ。

こうなれば坂巻の中に飼っている説教の虫が徐々に顔を出してくる。

——他人に向かって煙を吐き出すな。年上には敬語を使え。

首根っこを押さえて威嚇する場面を思い描く。

「そうか。知らないか」

いまはまだ頭の中ですましているが、次に癇《かん》に障る言動をしたときは即刻注意してやると決め、坂巻は眉間《みけん》を指で揉《も》んだ。

駅前のファミレスで待ち合わせた相手は、中邑貴治《なかむらたかはる》の当時の親友だったという清水《しみず》という若者だ。聞き込みをした数人が、一番親しかった相手として清水の名前を挙げた。つまり、清水が知らなければ誰も知らないということになる。

「なら、中邑くんがいなくなったあと、なにか変わったことはなかっただろうか？　たとえば警察以外に中邑くんの件を探っていた奴とか、急に退職した教師がいたとか」

これに関しては、成果はたいして望んでいなかった。念のため確認してみたにすぎない。一方で、中邑貴治がこれほどまでに隠そうとしていた交際相手とはどんな人間だろうかと興味が湧《わ》く。

「あー……辞めた教師ならいたな。けど、急にじゃなくて前から予定されたものだったけど」

「その先生の名前と、わかれば年齢を教えてくれるか」

ようやく手帳の出番がやってきた。その教師が妙齢の女性ならばと淡い期待を抱いたが、そううまくはいかない。

「安藤《あんどう》って冴えない野郎。下の名前も年なんて知らねえよ。三十くらいだったと思うけど」

「………」

タメ口だ。今度こそ注意を、と思ったものの役に立つかどうかはさておきせっかくの情報なので後回しにする。

「その安藤先生、生徒受けはよかった？」

清水が、まさかと一蹴《いっしゅう》した。

「空気だよ。つか、安藤のこと憶《おぼ》えていたんだって、貴治がめずらしく『さっさと辞めればいいのに』って言ってたからだし」

「中邑くんはそんな言い方するような性格じゃなかったのか？」

「ああ。悪口言ったのって聞いたことねえ。あいつ、いい奴だったんだよ。どこに行っちまったのか……俺にくらい言ってくれたってよかったのに」

清水が悔しげに顔を歪《ゆが》め、舌打ちをする。

「そうだな」

相槌《あいづち》を打ちつつ、坂巻の意識は別のところへ向かっていた。

他人の悪口を言わない中邑貴治が、唯一悪態をついた相手。安藤との間になにかあったのは明白だ。

坂巻は、メモに書いた安藤の文字を丸で囲んだ。

「安藤先生が退職した理由を知っているか?」

坂巻の問いを無視して、清水はメニューを捲《めく》りだした。苛立《いらだ》ちをこらえ、同じ質問をくり返したが、清水の返答は「カレーライス」だった。

「腹減ったから、カレーライスセット頼んでいい?」

「……………」

刑事ドラマの見すぎだと撥《は》ねつけてやりたかった。しかし、たとえ蜘蛛《くも》の糸のごとく細い情報であっても唯一得た手がかりをみすみす手放すのは惜しい。

坂巻は手を上げてウエイトレスを呼び、カレーライスセットを注文した。

ようやく清水が本題に入る。

「家業を継ぐって話を聞いたな。家業がなんだったかなんて聞くなよ。知らねえから」

坂巻は頷《うなず》き、手帳を閉じると上着の胸ポケットに突っ込んだ。

「きみは、中邑くんが自分からいなくなったと思っているのか?」

当時の友人たちは口を揃《そろ》えて、うるさい親から逃げたかったんだろうと言った。そうかもしれない。親の心子知らずと昔から言う。

清水は考えるそぶりを見せたあと、肩をすくめた。

「さあ、本当のところは誰にもわかんねえよ。俺が言えるのは、貴治は誰に対しても一線引いていたってことくらい。親にだって本音は見せてなかったと思う」

さすがに一番親しかったというだけある。わからないという言葉がじつは一番真実をついているようだ。

「他になにか気づいたことは？」

最後にそう聞くと、ないと返事がある。清水の意識は、ウエイトレスの運んでくるカレーライスに奪われてしまっていた。

カレーライスがテーブルに置かれる。すぐさまスプーンを拾い上げた清水の右手を、ようやく実行できると坂巻はがしりと摑《つか》んだ。

「食べる前に忠告しておくぞ。ますは目上の人間に対しての口のきき方がなってない。次に貧乏揺すりはやめろ。ホストっていうのは酒飲むだけが仕事じゃないだろう」

何事も礼儀だと言い放ち、清水の手を解放すると伝票を拾い上げて椅子《いす》から立ち上がった。

同じ二十歳そこそこの年齢でも、世の中には御厨《みくりや》のような人間がいる一方で、挨拶《あいさつ》もろくにできない者もいる。そういう若者が増えているというのは嘆かわしい現実だった。

いや、なにも御厨ほど几帳面《きちようめん》な態度を望んでいるわけではなかった。彼は特別だ。むしろ羽目を外す場面を見てみたいと思うほど——と、そこまで考え、坂巻は眉をひそめた。

よけいな心配だ。坂巻には関係ない。

ファミレスを出ると加納《かのう》に電話をかけ、安藤の実家の住所を調べてほしいと頼んだ。

坂巻自身は再度教会を訪ね、神父と話したが、これといった収穫もないまま三十分後に事務所へ戻った。

「帰ったぞ?」

愛車のキーを指でくるくる回しながらドアを開ける。坂巻を迎えたのは、加納ひとりではなかった。

「……御厨くん」

御厨はソファに行儀よく腰かけ、コーヒーを飲んでいた。

「おかえりなさい。お疲れさまです」

疲れて仕事から戻ったときは、無愛想な加納の顔ではなく可愛い子の可愛い顔が見たいと望んだことも一度ならずある。けれど、まさか御厨に迎えられるとは思ってもいなかった。

千鳥格子のジャケットにグレーのスラックスという出で立ちの御厨は、昔観たパブリックスクールを舞台にした映画から抜け出してきたようだ。

あれは確か大学の頃。初デートでその映画を観に行き、途中で居眠りをして機嫌を損ねてしまったあげく振られるという、坂巻には苦い思い出だったが――清潔感にあふれ、礼儀正しく聡明という意味ではパブリックスクールの生徒も御厨には敵《かな》わない。

御厨がなんの用事で事務所を訪ねてきたのか、坂巻には皆目見当がつかなかった。

「もしかして仕事の依頼で？」

そう尋ねた坂巻に、当然ですと返答がある。

「いけませんか？　坂巻くんもまた依頼をと言われていたでしょう？　だから電話をかけたのですが、留守番電話になっていたので」

「電話？」

急いで携帯電話を確認する。そこには「着信あり」と表示されていた。四十分前と言えば、ちょうど清水とファミレスで顔を合わせていたときだ。

「電話に気づかなくて、悪かった」

御厨は、決まり文句である「またの依頼を」という台詞《せりふ》を真に受けたらしい。有り難いことだが、これほど早々にとは思っていなかった。あれからまだ三日だ。

「いえ、気にしないでください」

御厨は居住まいを正した。

直後、加納がソファを立つ。

「え、俺？」

てっきり加納が依頼を受けるのだと思っていたので、自身を指差して加納に問う。坂巻は中邑貴治の件で手一杯だし、加納の浮気調査はもうすぐ結果が出る頃だった。

「彼はおまえをご指名だ」

加納に同意を求められた御厨は、いっそ清々《すがすが》しいまでになんの疑いもなく頷いた。

素直な反応に悪い気はしない。

「それに、僕はついさっき別の依頼を受けた。交際相手と別れるための恋人役だが？」

しかも辞退すれば恋人役が待っている。浮気調査でも肉体労働でも喜んでこなすが、恋人役はごめん被《こうむ》りたいので、坂巻は両手を上げて降参した。

加納の姿が奥へ消えるのを確認して、いままで加納が座っていた場所に腰を下ろした。

「それで」

背筋を伸ばし、膝《ひざ》をぴたりとつけて行儀よく座っている御厨に改めて接する。御厨を前にすると、自然とこちらの姿勢までよくなる。

「どんな依頼で？」

坂巻の問いかけに、御厨は視線を太腿に置いた手に落とした。かと思えば天井を見て、ドアを見て、また手を見て、ようやくその目を坂巻へと戻す。

「二ヶ月前になくした傘を捜してほしいのですが」

「傘？」

突拍子もない依頼はこれまでもあった。海に投げ捨てた指輪を見つけてほしいというもの、出会い系サイトでメールを何度か交わした女の子と会わせてくれというもの。

「どんな傘で――どこでなくしたのかわかってるのか？」

自分の代わりに見合いをして、相手の女性を評価してほしいと依頼してきたのは青年実業家だった。

「ビニール傘で、たぶん駅の付近でなくしたんだと思います」

「じゃあ、いま雨の日どうしているんだ？」

今回、御厨の依頼もそれらの類《たぐい》ではないかという予感は、次の返答によって明らかとなった。

「新しいビニール傘を買いました」

天才というのは紙一重だとよく聞く。その通りだと坂巻は脱力した。五百円程度のビニール傘を捜すために探偵を雇う者などいない。調査費の無駄だ。

「からかってるんだよな？」

ため息混じりでそう言うと、御厨は不似合いな縦皺《たてじわ》を眉間《みけん》に刻んだ。

「どうしてからかわなければならないんですか。私はただ、仕事がもっとあればいいのかと思ったから——」

いったいなんの話だと御厨を見返し、はたと気づいた。

——ドラマみたいに格好よく決められればいいけどな。実際は、格好よくなんてないし、仕事を選んでいる場合じゃないから、なんでも屋みたいなもんだ。

——またの依頼を。

御厨は、坂巻の台詞を素直に受け取ったにちがいない。坂巻のために一刻も早く仕事をと考えたのだろう。

十歳以上若い奴に心配される日が来ようとは——。坂巻は、どこでも、なにがあってもやっていけそうに見えるらしく、これまで周囲に心配された記憶がほとんどない。みな、坂巻のことを神経の図太い男だと思っている。

「傘が駄目でしたら、話し相手になってください」

これも坂巻が言った台詞だ。

真剣なその様子を前にして、とうとう吹き出した。

学者なんて言って小難しい雰囲気を醸し出しているが、本来の御厨は冗談も通じないほど素直な性格なのだ。

「なにが可笑《おか》しいんですか」

御厨の眦《まなじり》が吊《つ》り上がる。

「いや、ごめん。可笑しいわけじゃないんだ」

「ならどうして笑っているんですか」

どうしてなんて決まっている。だが、生真面目な御厨があまりに可愛いからだと言えばなおさらに機嫌を損ねてしまいそうな気がして、頭の中で言葉を選んでいると、いきなり御厨が立ち上がった。

「もういいです。お邪魔しました」

坂巻に呼び止める隙《すき》も与えず、事務所を出ていく。勢いよく閉まったドアを見つめながら、己の失敗に気づいた。

せっかく坂巻のためにと仕事の依頼に来たのに笑われたのでは、御厨が怒るのもしようがない。

「可哀相に」

加納が、呆《あき》れ顔でかぶりを振った。もちろん坂巻に呆れているのだ。

「これで顧客をひとり逃したな」

皮肉を込めて責められ、わかっているよと舌打ちをする。悪いのは自分だ。御厨の厚意をむげにしたも同然なのだから。

「追いかけて謝罪するつもりなら、その前にこれを見てくれ」

夕刊を手渡され、こんなときになんだと怪訝《けげん》に思いながら示された記事に目をやる。

「――十年以内の人骨?」

教会の裏山で人骨が発見されたという記事は、一昨日も昨日も目にした。いま、町はその話題で持ちきりだ。

が、今日の記事には進展があった。

一体のみ十年以内の骨が見つかったというものだ。骨の主は十代の男性。歯の治療痕《こん》から個人の特定を急いでいるとある。

おそらく御厨が発見し、調べたのだろう。

「……これは」

坂巻の脳裏に真っ先に浮かんだのは、当然のことながら中邑貴治だった。十代の男性、失踪した時期、教会での目撃情報、それらを考慮すれば当人である可能性は少なくない。

いや、高確率で中邑貴治だろうと坂巻の勘が訴えていた。

夕刊を手にしたまま御厨を追いかける。御厨はマンションの駐車場に停《と》めた軽トラックの運転席にいた。

坂巻を無視してエンジンをかける御厨を、ウィンドーを叩《たた》いて引き止める。御厨は不承不承、軽トラックのウィンドーを下げた。

「悪かった」

開口一番で謝罪する。悪いと思っているのは本心だ。

御厨の機嫌はなかなか直らない。無表情なので一見普段通りに見えるが、坂巻は短時間でささやかな変化を感じ取れるようになっていた。

ほんのわずか上唇が尖《とが》っている。不機嫌な証拠だ。

「可笑しくて笑ったんじゃない。心配してくれて、嬉《うれ》しかったから笑ってしまったんだ」

あえて可愛いという言い方を避けたのは、自分のためだった。いくらなんでも二十歳を過ぎた男相手にそんな表現をするのはまずいと自制したのだ。

御厨からの返答はない。おそらく坂巻の言葉の真偽を定めている最中だろう。たっぷり一分は待たされた頃、べつにと小声で返答があった。

「謝ってくれなくていいです。私が勝手に勘違いしたので」

御厨から反応があり、胸を撫《な》で下ろした。周囲からは神経が図太いと評されている坂巻であっても、素直に案じてくれる相手に嫌われるのは本意ではなかった。

「怒ってないか？」

坂巻が問うと、御厨は頷く。

「なら、仲直りの証《あかし》に紅茶でもどうだ？」

マンションの一階にあるカフェを指差す。加納の出したコーヒーに口をつけていた御厨だが、小野塚《おのづか》とはいつも紅茶のようだ。御厨のことだ。尊敬する先生が紅茶党となれば御厨自身も紅茶党にちがいない。

「……いいですよ」

御厨が運転席から降りてくる。ようやく上唇が元に戻った。肩を並べてカフェに向かい、ドアベルを鳴らして店内に入ると、顔馴染《かおなじ》みのウエイトレスが坂巻を見て破顔した。

「あら坂巻さん。最近ご無沙汰《ぶさた》で寂しかったですよ」

水のグラスをテーブルに置きながらの営業トークに、俺もだよと返す。

「美奈《みな》ちゃんの顔見ないと、一日調子が悪くて」

美奈ちゃんの顔はさておき、マンションの一階にあるという利便性を抜きにしても坂巻はこのカフェを気に入っていた。

カウンター席とテーブル席が五つほどの、見かけはごく普通の店だが、セットメニューが豊富でボリューム面でも申し分なかった。

坂巻お勧《すす》めのメニューは、サンシャインセット。日替わりピラフと目玉焼きハンバーグ、サラダ、スープとコーヒーがついて六百円というリーズナブルな価格だ。

ウエイトレスの、好奇心でいっぱいの視線が御厨へと向く。

「弟さん——じゃないですよね」

含みのある言葉の理由はわかっている。坂巻とは似ても似つかない、と言いたいのだ。悪かったなと返してやろうと思ったが、坂巻がそうする前に御厨が口を開いた。

「弟じゃありません」

引っ込んだはずの上唇がまた尖っているところをみると、弟と言われたのが気に入らないようだ。

コーヒーと、御厨のために紅茶セットを頼んでウエイトレスを遠ざけた。

「悪気はないんだ」

苦笑いでフォローした坂巻に、なにがと御厨は答える。

ごまかしているわけではなく、本気で気づいていないのだ。若くして骨のスペシャリストである御厨はまぎれもない天才だろうが、自分を含め他人の感情の機微に関しては疎そうだ。口八丁の輩《やから》につけ込まれ、うっかり騙《だま》されそうな気がする。

いや、逆か。御厨の態度は誤解を招く。自分に関心があるのではと相手に勘違いさせてしまいかねない。事実、御厨がもし女だったなら坂巻は間違いなく、俺に気があるなと思ってしまっていただろう。

「そんなに……見ないでください」

御厨がわずかに顔をしかめた。肌が白いせいで目尻が赤く染まるとすぐにわかる。

放っておけない気にさせるのは、こういう部分だ。御厨の、初心《うぶ》というにはあまりに直球な反応は坂巻の胸のどこかを疼《うず》かせる。なまじ言動が馬鹿丁寧なだけによけいそう感じるのかもしれない。

「――坂巻くん」

咎《とが》めるように呼ばれ、我に返った。

「悪い。ちょっと考え事をしていた」

なにが女だったら、だ。

己の思考に苦笑いし、坂巻は御厨から視線を外した。テーブルの上にのせた夕刊へとその目をやり、気持ちを切り替え、問題の記事が書かれている場所を御厨に示した。

「これについて聞いてもいいか？」

御厨は小首を傾《かし》げた。

「なにか、この記事で気になるところがありますか？」

気になるところだらけだ。が、まずは骨の主が誰なのか知ることが先決だった。

「じつはいま、七年前に姿を消した高校生の行方《ゆくえ》を捜している。それで、見つかった骨に関してわかっていることがあれば教えてくれないか」

御厨は夕刊を見たままで、かぶりを振った。

「ここに書かれているだけです。十代半ばの男性。身長はおよそ百六十五センチ。頭蓋骨《ずがいこつ》への外傷が死因でしょう。他に疵《きず》は見当たりません。切断されたのは死後です。歯の治療痕からいま警察が該当者を調べているところですが、まだ連絡はありません」

「――切断？」

坂巻は煙草に伸ばしかけた手を止め、椅子の背凭《せもた》れから背中を離した。

「誰かの手によって切断されているっていうのか？」

記事には確かに頭蓋骨の陥没について書かれている。が、それだけなら事故なのか自殺なのか他殺なのか判断するのは難しい。

だが、切断となれば話は変わってくる。

「はい。ノコギリの残痕が残っていました。切断した者は多少なりとも人体について知識があったんだと思います」

「ちょっとだけ待ってくれ」

右手で御厨を制し、頭の中を整理する。

十代半ば――男子高校生が何者かによって殴打され、殺された。その後遺体はばらばらにされて、教会の裏山に捨てられた。

犯人は洞穴に昔の人骨があると知っていた人間だ。

「ようするにその彼は殴られて殺され、ばらばらにされて捨てられたってことだな」

若い骨が発見されたと聞いたとき、中邑貴治だろうと直感した。こうなればちがっていればいいと願わずにいられない。

息子が何者かによって殺されたばかりか切断され、七年もの間すぐ傍に放置されていたなんて中邑には酷な事実だ。

「殺人かどうかはわかりません。いまのところ確かなのは遺体が切断されたということだけですから」

学者らしい口上を御厨は述べたが、同意はできなかった。

遺体を切断する理由はなにか。それは、犯行を隠すために他ならない。

人ひとり切り刻むには相応のリスクをともなう。汚れてもいい場所が必要だし、なにより精神的なダメージが大きい。それを押してまで実行するのは犯行自体をなかったものとしたいがためだ。

「外傷は、たとえばどんなものによって受けたものだと思う？」

御厨は、坂巻のように勘や予測でものを言わない。判明した事実のみを並べていく。

「三センチ×一・五センチほどの陥没です。左から右に、背後から斜め四十五度の角度で後頭部を抉《えぐ》っています。犯人は被害者より長身の男か、もしくは被害者が屈んでいたかのどちらかでしょう」

日用品から置物まであらゆるものが武器になる。そして、百六十五センチより背の高い男もごまんといる。

警察は歯の治療痕から該当者の特定を急いでいるという。学生は自宅か学校付近の歯科医院を利用するはずだ。七年前のカルテなら残っている可能性は高い。

「いただいてもいいですか」

御厨が、テーブルの上の紅茶とケーキに視線を落とす。

仕事に心を奪われていた坂巻は、もちろんだと答えつつも意識のほとんどはこの件に向かっていた。

カップに口をつける御厨を前にして、頭の中では犯行の一部始終を再現してみる。

犯人は鈍器を手に中邑貴治に襲いかかる。後頭部ということは背後から忍び寄ったのか、被害者がバランスを崩した瞬間に振り下ろしたのか。とにかくそれが致命傷となり被害者は死んだ。

おそらく血が飛び散っただろう。犯人は時間をかけて犯行現場の血を拭《ぬぐ》い去ると、別の場所で解体に取りかかる。捨てる場所はあらかじめ考えていた。ちょうどいい場所が教会の裏山にある。

捨てに行くとすれば夜中。単独犯であれば一度では無理なので、何度か足を運んでいるはずだ。

と、そこまで再現していったとき、耳に届いた機械音にはっとした。

フォークを皿に置いた御厨が、セカンドバッグから携帯電話を取り出した。二、三言の会話で電話を終えると、坂巻に向き直る。

「骨の主がわかりました」

ごくりと唾《つば》を嚥下《えんげ》した坂巻に、予想通りの答えが告げられた。

「中邑貴治という十五歳の行方不明者です」

「――――」

覚悟はしていたとはいえ、衝撃的だった。依頼を受けた当初は手こずるだろうと思われた仕事は、呆気《あっけ》なく解決を見たのだ。

このタイミングで人骨が発見されたのは、子を思う親心の強さかもしれないと柄にもないことを考える。

「それにしても、もし坂巻くんの言ったように故殺だとすれば、誰がなんの目的で手を下したのでしょうか」

問題はそこだ。依頼内容は息子の行方を突き止めてほしいというものなので、本来であればいまの時点で坂巻の仕事は終わっている。

しかし、個人的に先が気になってしまうのはどうしようもなかった。

中邑貴治はなぜ死ななければならなかったのか。誰が手にかけたのか。

日本の警察は優秀なので待っていればそのうちあらゆる事実が明白になるとわかっていても、なにもせずじっとしているというのは、坂巻の性分では難しかった。

今度は、坂巻の携帯電話が鳴る。加納だった。

『うまく機嫌を取れたか？』

うるせえよ、と声には出さずに返す。

「なんの用だ」

よもやそんな用件で電話をしてきたわけではないだろう。むしろ、それだけだったなら加納にも下世話な部分があったのかと安心するのだが。

『安藤が、戻ってきたらしいぞ』

やはりそうではなかった。

中邑貴治の高校の教師だった安藤の実家の住所はすぐに判明した。山陰《さんいん》の温泉街だ。家業というのは呉服《ごふく》屋で、この二、三日は反物《たんもの》の買い付けに出かけていてちょうど留守だと聞き、戻ってきたら連絡してほしいと現地にいる知人に頼んでおいたのだ。

だが、依頼された仕事が解決した以上、いまの坂巻には無用になった。

『それから、中邑さんからも連絡があった。どうやらおまえに調査を継続してほしいらしい』

「――――」

まるで坂巻の心情を察したかのような展開に、坂巻はわかったと一言返した。それを最後に電話を終える。

「なにかあったのですか?」

坂巻はほとんど喋らなかったが、表情で察したのだろう。そう聞いてきた御厨に、

「いや」

いったんは否定したものの、やはり気がかりだった。喉《のど》に刺さった小骨さながらに中邑貴治のことが引っかかる。

「お仕事なら、私に構わず行ってください」

御厨らしい気遣いに迷ったのは一瞬だった。せっかくの厚意に甘えることに決め、椅子から

した。

「あとで電話する。それから、傘もちゃんと探すよ」

せめてもの罪滅ぼしと先刻の依頼の件を持ち出し、特になにも考えずに御厨の頬《ほお》へ手を伸ば
腰を上げた。

御厨は、びくりと肩を跳ねさせた。

「クリームがついてたから、つい」

指先のクリームを見せると、御厨は瞳を揺らす。頬どころか耳朶《じだ》まで真っ赤だ。

「……早く、行ってください」

口調だけはぞんざいで、坂巻は、なぜか見てはならないものを見た気分になりながらテーブ
ルを離れた。いつものようにツケにしてくれとウエイトレスに頼み、店を出る。御厨の軽トラ
ックの傍を通り過ぎ、愛車に足を向けながら自身の指先を見た。

白いクリームは坂巻の指先で蕩《とろ》けている。舐《な》めればきっと甘いだろう。

「………」

一瞬浮かんだ想像を振り払い、坂巻はジーンズの大腿で指先を拭った。自分がひどく不埒《ふらち》な
人間になった気がして、あれは駄目だ、ありえないだろ、と危ない思考を振り払う。

気の迷いにしてもひどすぎる。

それもこれも加納が妙な言いがかりをつけてくるのが悪い。いや、ここのところ浮いた話ひとつなくご無沙汰だったので、そのせいかもしれない。

頭の中で懸命に言い訳を並べる傍ら愛車のドアを開けた坂巻は、御厨の純粋さに比べて自分はなんて不純なのかと、運転席でがくりと肩を落とした。


事務所兼自宅に戻った坂巻を待っていたのは、中邑からの再依頼だった。

「このたびは……なんというか、ご愁傷様でした。どうか、お気を落とされないでください」

などと綺麗《きれい》な言葉を並べたところで無意味だというのはわかっている。遺族の哀《かな》しみは他人の慰めでどうにかなるものではない。

『いえ。骨の欠片《かけら》でもと言ったときから、今回のような結末は覚悟していました。それで、改めてあなたに依頼したいのですが』

中邑は、深いため息をついた。

『あなたに犯人を捜していただきたい』

「――――」

即答はできなかった。

関わった以上坂巻にも知りたいという欲求がある。中途半端な状態はなにより気持ち悪い。

だが、それは警察の仕事で、こうなった以上すでに警察は動き始めているだろう。

『あなたがなにを言いたいか、わかっているつもりです。それでも、私は警察を信用していないですし、あなたに頼みたい』

悩みに悩んだすえ、坂巻は結論を出した。

坂巻自身、乗りかかった船を途中で降りるというのはどうにも寝覚めが悪かった。

「承知しました」

短いやり取りで電話を切った坂巻は、素早い行動を信条としているためすぐさま荷造りをして駅に向かい、新幹線と在来線を乗り継いで山陰を目指した。

安藤の実家まで足を運ぶ意味があるかどうかはわからない。

だが、中邑貴治が姿を消した直後に辞めた教師であり、他人を悪く言わない彼が唯一悪態をついた相手でもある安藤をこの目で確認しておきたかった。

しかも安藤の専任は生物だ。人体の知識もあるだろう。

その日はすでに時間が遅く、駅前のビジネスホテルで一泊し、翌日から仕事にかかった。

山陰だけあってずいぶんと肌寒く、持参した上着を羽織ると、史跡や温泉目的のツアー客を尻目《しりめ》にタクシー乗り場へと急いだ。

「観光ですか?」

タクシーの運転手に問われ、適当に返事をしてしまったせいで車中では長々と観光案内をされるはめになる。文化財の情報はもとより、駅周辺には著名な野球選手の妻やテニスプレーヤーの実家があるという知識まで得て、降りる頃にはすっかり観光した気分になっていた。

城下町のせいだろうか、坂巻が住んでいる町と似ているところもある。坂道を見ると、見慣れた場所であるかのような錯覚に陥った。

晩秋の風を首筋に感じつつ、要所要所に掲げられている番地表示をチェックして目的地へと歩いた。

呉服屋を見つけるのに苦労はしなかった。

暖簾《のれん》をくぐり、店内へ足を踏み入れる。木と布の匂いのする店は、どこか懐かしい感じがした。敷地自体はけっして広くないが、清潔で神経の行き届いたいい店だ。ディスプレイされている着物や反物、帯、小物、草履《ぞうり》。高価なものから比較的安価なものまで揃っていて、どれも目に眩《まぶ》しいほど華やかだ。

「いらっしゃいませ」

奥から、和装の男が姿を見せる。書き物でもしていたのか手にはボールペンがあり、彼はそれを袂《たもと》へしまった。

年は三十半ばだろう。細身で和服が似合い、物腰もやわらかでなかなかの色男だ。彼が安藤にちがいない。

「すみません。客じゃないんですよ。じつは、以前の生徒さんのことでお話を聞かせていただきたくて」

名刺を差し出す。

そこに目を落とした安藤は、探偵と知るや否や表情を堅くする。坂巻に対する不信感と警戒心が面差しには表れていた。

「何時にお店は終わりますか?」

この問いには答えが返らない。視線で坂巻を店の外へと促した。

安藤を追いかけ、裏口へと回り込む。

「中邑貴治くんを憶えていらっしゃいますか?」

軒先で向かい合うと、早速切り出した。相手に考える時間を与えないためと、咄嗟《とっさ》の反応を見るのが目的だ。

「――新聞記事で読みました。直接教えてはいないのであまり記憶に残っていませんが……若いのに、気の毒ですね」

特に気になる反応はない。それがかえって、坂巻に疑問を抱かせる。中邑貴治が唯一不平をこぼした相手ならば、なにかしら接点はあったはずだ。

「そうですか。しかし、中邑くんはちがったみたいですね。あなたに特別な感情を持っていたみたいです」

「え？」

安藤が、まさかと眉をひそめる。

「聞き込みして、ある事実を得ました。あなたと中邑くん。個人的に関わりがありましたよね」

もとよりはったりだ。清水から聞いた話を、より意味深に聞こえるよう脚色しただけなのだが――坂巻の予想を遥《はる》かに上回る反応が返ってきた。安藤は、何度も瞬きをして、不快感もあらわにその名前を口にした。

「森脇《もりわき》さんですか？」

森脇というのは、ボランティアで教会に通っている男だ。森脇の名前がなぜここで出てくるのか。訝《いぶか》しみつつも坂巻は口を噤《つぐ》んでいた。

沈黙に耐えきれなくなったのだろう、安藤の顔に焦りが滲《にじ》む。動揺するとひとは饒舌《じょうぜつ》になるものだ。安藤も例外ではない。

観念したのか、顎《あご》を上げてぞんざいな口調で語り始めた。

「言わなくてもわかりますよ。どうせあのひとが、あることないこと言ったんでしょう。確かに、私は中邑くんと会っていましたけど、短い間でしたし、私が故郷に帰ることになってお互い綺麗に別れようという話にもなっていたんです」

「…………」

驚きを出さないようにするのが精一杯だった。挑発してみたものの、安藤の口から中邑貴治との仲が語られるとは――。

別れるという言葉を使ったからには、中邑貴治と安藤はただならぬ関係にあったのだ。

そして、森脇にそれを知られていた。

「父が倒れて、家業を継ぐ決心をしたとき、正直、これで終わりにできるとほっとしたんです。でも、彼が一緒に来ると言い出して……自分の罪の重さを痛感しました。私は、彼に連れてはいけないと伝えたんです。彼も納得してくれました。でも……まさか、教会の裏山に……」

安藤は、着物の袖をぎゅっと握り締める。小刻みに瞬かせる睫毛《まつげ》は見る間に濡《ぬ》れていった。

「中邑くんが疎ましくなったんじゃないんですか？　たとえば森脇さんに相談していたと知って、かっとなったか」

「……冗談じゃない」

やや青ざめた面差しに、坂巻に対する嫌悪が浮かんだ。

「私が彼を手にかけたとでも言われるんですか。さっきも言った通り彼は別れることに同意してくれましたし——そもそも森脇さんに相談していたなんて、あり得ません」

「なぜ？」

畳みかけるように質問すると、安藤は嗤笑《ししょう》した。

「神父さんがそこにいるのに、わざわざ森脇さんに相談しますか？　あのひと、気性が激しくてボランティアの人たちとも何度か揉《も》めたことがあるんですよ？　彼と一緒にボランティア活動をしている友人に聞いたので間違いありません」

安藤の言うことはもっともだ。普通は神父に相談する。

「では、神父さんに相談していたのかもしれません。神父さんは懺悔《ざんげ》の内容を他言できませんから。しかし、森脇さんはたまたま知ってしまった」

馬鹿馬鹿しいと安藤が吐き捨てる。

「想像でものを言われては困ります」

「根も葉もないと？」

額に浮いた青筋、細かく痙攣《けいれん》する唇、濡れた睫毛を坂巻は漏らさず観察する。

「私が彼を手にかけるはずがない。笑われるかもしれませんが、愛し合っていたんですよ……

愛していたからこそ彼の将来を思って身を退《ひ》いたんです」

真実か。それとも演技をしているのか。安藤は涙を浮かべる。もし演技だとすればたいした役者だ。

「中邑くんを殺《あや》めた人物は人体の知識があったようです」

坂巻自身は、会った瞬間から安藤にいい印象を持てなかった。愛し合っていたなんて、いくら形のいい言葉で飾ろうと、安藤のしたことは生徒を弄《もてあそ》んで捨てたも同然の行為だ。恥ずかしくもなくよく言えたものだと呆れる。

「あなた、生物が専門ですよね？」

「そんなことで」

濡れて充血した双眸《そうぼう》が、悔しさを滲ませて坂巻を睨《にら》んできた。

「私が生物の教師だったから疑われるんですか」

「あなたが中邑くんと関係があって、生物の教師だったからです」

先入観を持つのは危険だ。厭《いや》な相手だからといって、罪を犯しているとは言えない。百も承知していながら、あえて面と向かって告げる。安藤は挑発にのってくるタイプだ。

「――べつに、あなたに信じてもらう必要なんてないんですが」

坂巻が態度を軟化させないと知るとこれまでの殊勝な様子が一変、敵意を覗かせ始める。そっちがその気ならと子どもっぽい思考をする人間らしい。

「私だけ疑われるのは不愉快なので言ってしまいますけど、人体の知識があったというなら森脇さんのほうがよほどでしょう」

坂巻は眉をひそめる。

安藤は森脇を目の敵にしているようだ。もしくは、あえてそう見せているのかもしれない。

「彼はもともと医師ですよ」

「…………」

元医師なら確かに人体には詳しい。しかも安藤の口振りでは、中邑の死に森脇が関係しているかのように聞こえる。

「彼には動機がありません」

坂巻の言葉に、どうだか、と太々《ふてぶて》しい答えが返る。

「私は、中邑くんと森脇さんが話しているところを見ました。案外、彼、森脇さんとの間にもなにかあったのかもしれませんね」

愛し合っていたと言った舌の根も乾かないうちに、平然と中邑貴治を侮辱する。坂巻は、安藤という男にますます悪印象を抱いた。

安藤は、あくまで自分は殺していないし、そもそも死んでいたことさえ知らなかったとくり返す。

「私がやったという証拠でもあるんですか?」

あげく開き直り、坂巻を責め始めた。

「探偵さんだかなんだか知りませんが、迷惑なんです。証拠もなしに勝手にひとを殺人犯扱いして――帰っていただけませんか」

いくら気にくわない相手であろうと、安藤の言う通り証拠はひとつもない。これ以上は押し問答になるだけだ。三十分足らずで坂巻は安藤を解放した。

だが、実家まで訪ねてきた成果はあった。安藤はしたたかな反面気の小さいところもあり、保身のためなら平然と「愛し合っていた」相手を傷つけるような発言をする。それがわかっただけでも十分だ。

自分が中邑貴治の交際相手だとあっさり認めたのは、あとから判明するより自分で言ったほうが得策だと考えたためだろう。

別れ話の縺《もつ》れは立派な動機になる。

帰路についた坂巻は、缶コーヒーと煙草を手にあらゆる可能性を考えていった。メモを睨みつけ、これまで得た情報を整理していく。

教会の裏山で中邑貴治の遺骨が発見された。彼は教会に出入りしていて、神父と何度か話をしていた。森脇とも、というのは安藤の弁だが、その安藤と貴治は関係があり、安藤は清算しようとしていた。

中邑貴治を中心に、安藤、森脇、神父と線で繋《つな》いでいく。森脇と中邑貴治の線はまだ未確認なのでクエスチョンマークを書いた。

「さて、どうやって進めていくか」

やはりネックは年月だ。証拠がない。せめて凶器だけでも特定できればと思うが、七年もたっていてはあまり期待できない。

加納に電話をかけて知恵を借りようとしたが、加納も同じことを言った。

『動機だけでは立件できない。状況証拠、物的証拠。人的証拠。必要なのは証拠だ』

わかりきった指摘をされ、苛立ちだけを募らせて電話を終える結果になった。

コーヒーを空にした坂巻は、気分直しに加納ではない誰かの声が聞きたくなり、携帯の履歴を見る。その中に、御厨の名前を見つけた。

昨日、あとで電話すると言って別れたままになってしまったので、御厨は機嫌を損ねているかもしれない。坂巻が謝れば、素っ気なく「べつに」と答えるのだろう。

尖った唇を思い出しながら苦笑した坂巻は、たいして迷わず通話ボタンを押していた。

4

中邑貴治《なかむらたかはる》の遺骨は、調査報告書とともに御厨《みくりや》のもとを離れ、すでに警察の手に渡っていた。警察は、被害者の当時の交友関係を一から洗い直していくという。肉の一片すら残っていない状態では、そこから犯人を割り出すのは望み薄だと考えているようだ。

遺骨は、まもなく家に帰れるだろう。

中邑貴治の父親は存命だと聞いている。父は息子の遺骨を前にしてなにを思うだろうか。肉親のいない御厨にはわからない。わからないなりになんとか想像しようとしてみる。それは今回に限らず、常からの癖だった。

「私の骨は、誰が引き取ってくれるのでしょう」

ティータイムを小野塚《おのづか》とともに愉《たの》しみながら、ふと疑問が芽生える。もし誰も引き取ってくれなかった場合、自分の骨はどうなってしまうのか、と。

「もとより献体を希望するつもりですが、骨はどうすべきなのでしょうか？」

御厨がそう言うと、小野塚は困った顔になる。

くれる。

「縁起でもないことを」

その声音には、少しばかり窘《たしな》めるようなニュアンスも含まれていた。

「そんなの決まっています。御厨くんを誰より愛しているひとですよ」

小野塚は、何事に関しても答えを持っているひとだ。いつも御厨の疑問をたちまち晴らして
くれる。

「なら、先生しかいません」

御厨を好きになってくれたのも、初めて好きだと言ってくれたのも小野塚だ。小野塚は誰より御厨を理解し、対等に接してくれる。

「いえ」

小野塚の眦《まなじり》が下がった。

「残念ですが、私ではありません。そもそも骨になるのは私のほうが先でしょう？　御厨くんを愛してくれて、御厨くんも心から愛するひとが、これからきっと現れますよ」

「…………」

小野塚は嘘を言わない。でも、そんな相手が本当に現れるだろうか。

「もしかしたら、気づいていないだけでもう現れているかもしれませんね」

ふふ、とほほ笑む小野塚に、御厨は脳裏に身近な人間の顔を思い浮かべていく。たまにメー

ルのやり取りをしているデイヴィッド、朴《パク》さん、ハーバードの師であるブラウン教授。彼らは御厨を好きだと言ってくれるが、他にも愛するひとがいる。

デイヴィッドには恋人。朴さんには娘。ブラウン教授には妻。

守衛さん、同僚、友人と、順に顔を思い浮かべてもピンとこず、打ち消していった。

やはりまだ出会っていない。知人の中には、御厨の恋人は骨だと笑う者もいる。そんなとき御厨は、骨以上に夢中になれるものがないのでと答えていた。

それは、ある意味事実だ。これまで御厨は、人間に接するより多くの時間を研究に費やしてきた。骨は、小野塚の次に饒舌《じょうぜつ》に語りかけてくる相手だった。

——たまには息抜きもしろよ。俺でよければ話し相手にくらいなってやるし。

ふと、坂巻《さかまき》の言葉と顔がくっきりと思い出される。御厨とはちがい——いや、これまで出会った誰より坂巻は精悍《せいかん》で男らしく、頼もしい。

——可笑《おか》しくて笑ったんじゃない。心配してくれて、嬉《うれ》しかったから笑ってしまったんだ。

頼もしいだけでなく、魅力的な笑顔の持ち主でもある。それは中身も同様だ。初めから自然体で御厨に接してくれ、周囲の大人たちのように御厨を特別視しなかった。えらいなと頭を撫《な》でてくれた坂巻は、御厨が最初に抱いた印象そのものだったのだ。

他のみなと同じように打ち消そうとしても、坂巻だけはなぜかうまくいかない。坂巻のいろいろな表情や仕種《しぐさ》が、次から次に脳裏で再現される。

――クリームがついてたから、つい。

カフェでの出来事まで思い出された。

あのときは、驚きのあまり心臓が跳ね上がった。アメリカでは頰《ほお》にキスされることもあったというのに、坂巻に指先で触られて体温も上昇した。

坂巻とは昨日カフェで別れたきりになっている。あとで電話するという言葉を信じて、昨日は携帯を前にしてずっと待っていたが、ついにかかってこなかった。きっと仕事が忙しいのだろう。

忙しいなら、傘は捜さなくていいと言わなくては。

それから、ケーキのお礼も。

「どうしたんですか？　御厨くん。顔が赤いですけど」

にこにこと指摘され、両手で頰を押さえる。なぜか頰が熱い。

急に気恥ずかしくなり、御厨は頭を強く左右に振った。

「なんでも……ありません」

坂巻の話はもうしたくなかった。坂巻の話題は、御厨を落ち着かなくさせる。

「簡単なテストをしてみましょうか」

唐突に小野塚がそう言った。

「御厨くん、テストは得意でしょう?」

「はい」

テストは好きだ。難問であればあるほど正解したときの喜びは格別だった。

「目を閉じて」

「目を、ですか?」

戸惑いながら従う。本心では目を閉じるのには躊躇《ためら》いがあった。いま目を閉じれば確実に坂巻の顔が現れる。

「真っ先に浮かぶひとがいるでしょう?」

いる。御厨は黙って頷《うなず》いた。

「明日も明後日も、目を閉じてみてください。毎日同じひとの顔が浮かんできたなら、それは御厨くんがもう愛するひとに出会っているという証拠ですよ」

小野塚の言葉に、慌てて目を開けた。熱くなっていた頬が、さらに熱を増す。

「……だけど……たぶん、ちがいます」

いくらなんでも信じられない。坂巻に関して、御厨はまだなにも知らなかった。

「どうしてですか?」

「それは、やはり、会ったばかりですし」

「時間は関係ありませんよ」

「でも、考えてもみませんでした」

これまで恋愛とは無縁に過ごしてきた。御厨には小野塚と研究が一番で、そこに入り込む他の誰かの存在が現れる日が来るなんて、一度たりとも想像しなかった。

「おや。御厨くんは、一目惚《ひとめぼ》れというものがあるのを知らないのですか？」

「…………」

一目惚れという言葉は知っている。いつだったか、マイクが美人のチアリーダーに一目惚れをしたと騒いでいた。

「一目惚れというのは、時間も性別も越えてしまうものです」

確かにそうだろう。小野塚の言う通りだ。でも、御厨の場合はちがう。なぜならマイクは、彼女を見た瞬間に頭の中で鐘が鳴ったと言ったのだ。

御厨の鐘はまだ鳴っていない。

「一目惚れなんて……」

ちがうと答えようとしたそのとき、突然室内に音が鳴り響いた。飛び上がるほど驚いてしまった御厨は、それが自分の携帯電話の着信音だと気づくのに数秒かかった。

鐘の音かと思った。鐘であるはずがない。

動揺したまま相手を確認せず携帯を耳にやる。

『俺だ――坂巻』

携帯越しの坂巻の声は、御厨の鐘は鳴らさなかったが、胸に突き刺さった。心臓が、途端に早鐘のようなリズムを刻み始める。

「………」

なにか言おうにも、たったいま話題にしていたこともあって声を出すのが難しい。

『昨日、電話するって約束しただろ？　じつはあれからすぐ仕事で留守をしなきゃならなくなったんだ。だから、電話できなくて悪かった』

「………」

『いま電車の中なんだが――』

坂巻の声が中途半端なところで途切れた。御厨が電話を切ったせいだ。

どうしてなのかわからない。坂巻の声を聞いていられなくて衝動的に切ってしまっていた。

「大丈夫ですか？」

小野塚が問うてくる。

御厨はかぶりを振った。

大丈夫ではない。御厨の鐘は、マイクとはちがいどうやら心臓にあったらしいのだ。しかもそれは胸だけには留まってはいてくれず、身体じゅうを揺らし始める。しまいには指先までどくどくと鳴り響かせた。

「先生」

とうとう耐えきれず、小野塚にすがった。

「私はどうしたらいいんでしょう。坂巻くんに一目惚れしていたみたいです」

泣きたい気分だった。どうせ好きになるなら、美人のチアリーダーのほうがいいに決まっている。なぜなら、御厨の恋が成就する確率はマイクのそれよりずっと低い。

時間も性別も越えると小野塚は言うが、坂巻も同じように思うとは限らないのだ。

「御厨くんの愛するひとは、坂巻くんでしたか」

きっと驚いているはずなのに、小野塚の声はいつも同様に優しい。それがよけいに御厨を混乱させた。

「でも、厭《いや》です」

「坂巻くんでは厭だということ?」

「はい」

当たり前だ。初めての恋愛は、もっと希望の持てる相手がよかった。

「困りましたねえ」

小野塚がため息をこぼした。

「御厨くん、恋というのはするものじゃなくて、落ちるものなんです。だから、どんなに厭でもこればかりは誰にもどうしようもないんですよ」

どうしようもないとは、対処のしようがないという意味だ。自制も不可能なら、周囲の助けも無駄と、そういうことになる。

御厨の先行きは暗い。

「御厨くん」

落ち込む御厨だが、小野塚に呼ばれて目を上げる。そこにはやわらかな面差しがあり、愛情に満ちたまなざしがあたたかく包んでくれていた。

「そんな悲愴《ひそう》な顔をしなくても、恋は悪いものじゃないですよ?」

「……先生」

優しい言葉とともに頭を撫でてくる小野塚の手にすら坂巻の手を思い出すなんて、どうかしている。おかしくなってしまったとしか思えない。坂巻は、撫でるというより髪を乱すというほうが近かった、などと比べてしまう自分は最悪だ。

「先生は、恋をしたことありますか?」

ぐすっと鼻を鳴らし、小野塚に問う。

もちろんですと返ってきた。

「ひとを好きになるというのは、素敵なことです。御厨くんもきっとすぐに恋する素晴らしさがわかるはずですから」

小野塚が言うのだから確かだ。いまはちがっていても、そのうち素敵だと思える日がきっと来るのだろう。

「そのために私はなにをすべきなんでしょう」

どんな努力も厭《いと》わない覚悟で問えば、小野塚は御厨の髪を優しくゆっくり梳《す》いてから、手を離した。

「そうですね。いつもの御厨くんでいいと思いますよ?」

「……でも、なにもしないというのも」

それはそれで不安になる。御厨の心情を小野塚は察したようだ。

「もちろんなにもしないでいいという意味ではありません」

茶目っ気たっぷりに片目を瞑《つむ》ってみせた。

「御厨くんの心の向くままに行動すればいいんです」

「——心の向くまま、ですか」

それならできそうだ。まずは坂巻に会って、話をするのが先決だろう。

小野塚の力強い言葉に、御厨ははいと頷いた。


事務所に戻ってきた坂巻は、一服しつつテーブルの上の携帯電話を睨んでいた。

電車の中からかけた電話に、御厨は出た。相手が坂巻だと当然わかっていたはずだ。わかっていて突然切ったのだ。

あれは、いったいどういうことなのか。

「なあ」

帰り支度をしている加納を引き止める。

「一言もなく電話を切るって、どんな心理?」

相談というほど深刻ではなく、軽い気持ちで聞いてみたのだが。

「二度と電話してくるなって意味じゃないのか」

普段と同じ淡々とした口調で言われると、かなりこたえた。厭がられるような真似《まね》はなにもしていない――と言い切れないからなおさらだ。

坂巻はたまにデリカシーに欠けると評される。つき合った女性に限定すれば、百パーセントの確率でそう責められてきた。

一瞬頭をよぎった不埒《ふらち》な想像が態度に出たのでは――。

「いやいや、それはない」

瞬時に打ち消すと、両手を上げて長旅で固まった背中を伸ばした。

いくら考えても無意味だ。案ずるより産むが易《やす》し。また電話してみればいい。案外、充電が切れただけというオチかもしれない。欠伸《あくび》をしながら、坂巻はソファから立ち上がった。

「明日、現場に行ってみるわ」

住居である二階に続く階段へ向かいながら、背後の加納にそう告げる。

「まだ立ち入り禁止になっているんじゃないのか」

当然そのはずだ。古い人骨が見つかっただけならまだしも、殺人事件なのだから民間人は近づけない。

「御厨先生に同行願うか」

早速電話をかける理由が見つかった。坂巻は、背中を向けたまま加納に手を振り二階に上がった。

二階は、階段を挟んで右が寝室とバスルームで左が書斎兼居間兼ダイニングキッチンという作りになっている。八畳二間はけっして広いとは言えないものの、もともと荷物を増やすたちではないので坂巻には十分だった。寝室にはベッドが、居間にはテレビとテーブルがあればとりあえず困らない。

首を左右に傾けながら、バスルームに直行する。旅の疲れをシャワーで手早く洗い流し、バスタオル一枚を腰に巻くと鼻歌混じりで居間へと足を向けた。

隅に設置している小型冷蔵庫の前に屈む。ミネラルウオーターのペットボトルを摑《つか》んだ坂巻だったが、そこで手を止めた。

なんだ、いまのは――幻覚か。

幻覚にしてもまずい。目を擦《こす》って、恐る恐る背後を振り返る。何度か瞬きをして見返してみたが、やはりそこにそれは存在した。

「……嘘だろ!?」

有り得ない光景だったので、脳が認識するのに時間がかかったようだ。いや、何度見ようとも我が目を疑ってしまう。

なぜなら御厨が、坂巻の目の前で正座しているのだから。

「お邪魔してます」

丁寧な挨拶《あいさつ》が返った。やはり本物らしい。

「いや、でも……なんでだ？」

いつの間にと動揺のあまり短い単語を並べると、当人の口から理由が語られた。

「ちょうど加納さんがお帰りのところに出会《でくわ》しました。加納さんが、坂巻くんは二階にいるから入っていいと言われましたので」

わけを聞けば単純だ。それに、電話をする手間が省けた。と思うことにする。

「あーっと……風呂《ふろ》に入ってたから」

坂巻は半裸の自身を見下ろし、回れ右をした。なにか身につけてこようと思ったのだが、御厨に呼び止められる。

「お話があるので、すみませんが座っていただけませんか」

床を睨みつけている御厨の表情は深刻だった。なにかトラブルでもあったのだろうか。

「わかった。けど、ちょっとだけ待ってく――」

「座ってください」

言葉尻《じり》をさえぎる勢いで言われ、仕方なく坂巻はバスタオルのまま従った。きっとよほどのことが起きたのだ。が、こんな状況ではいまひとつ切実さに欠ける。

正座で向かい合い、一方は腰にバスタオルを巻いただけという間抜けな格好だ。なんて絵づらだよと情けない気持ちになりながら、御厨の言葉を待った。

御厨はなかなか口を開かない。重苦しい空気を纏《まと》っている。

電話を切られた経緯もあるので、さすがにこれは一大事かと心配になった頃、ようやく御厨の唇が動いた。

「坂巻くん」

切羽詰まった声に、坂巻は背筋に力を入れる。次の瞬間、御厨の白い頬が真っ赤に染まった。いや、頬ばかりではない。額から耳朶《じだ》、首筋。すべてが真っ赤だ。

「お、おい。いったいどうしたんだ?」

「好きです」

「——は?」

御厨に伸ばしかけた手を、坂巻は止めた。今度は聞いてはまずい幻聴を聞いてしまったような気がしたせいだが、それは一度では終わらなかった。

「好きなんです。ずっと坂巻くんのことばかり考えていました。一目惚れです。坂巻くんは私をどう思っていますか?」

三十二年の人生において、一度や二度や三度は告白された経験がある。会ったその日に好きだと言われて、ホテルに行って、そのまま三年つき合った女もいた。

けれど、いまのはそれらをすべて合わせた以上の衝撃だった。なにしろ相手は御厨だ。驚きのあまり、返事をするのも忘れてしまった。

無言の坂巻に、御厨は勘違いをしたのだろう。

「嫌い、ですか」

か細い声で問うてくる。すっかり下を向き、畏《かしこ》まった肩を震わせ、膝《ひざ》に置かれたこぶしを白くなるほど握り締めて――。

その姿に、御厨は真剣なのだと悟った。当たり前だ。御厨がこの手の冗談を言うはずがない。落ち着けと自身に言い聞かせながら、坂巻は深呼吸をする。御厨にまったくそんな雰囲気がなかったし、いきなりだったので驚いてはいるが、御厨に慕われて悪い気持ちはしなかった。

頭の真ん中にある旋毛《つむじ》を見つめながら、坂巻は頬を緩めた。

「嫌いなわけないだろ?」

嫌いどころか、うっかり不埒な妄想までしたくらいだ。

「だったら、私とおつき合いしてくれますか?」

「――」

だが、これには即答できなかった。

なんと答えるべきか、思案する。好きか嫌いかと聞かれれば、好きだと答えることになんら躊躇《ちゅうちょ》はない。しかし、御厨が望んでいるのは、その程度の「好き」ではないと見ていればわかる。つき合ってくれと言っているくらいだ。

「……坂巻くん」

御厨は、少しだけ顔を上げた。潤んだ上目が坂巻を捉《とら》える。うずっと、胸の奥がじれったくなった。

この感覚が、「好き」というものとは別物だと坂巻は知っている。

大人というのは困った生き物なんだ、と御厨に説明しても果たして理解できるかどうか。好きかどうかはさておき、触れて、押さえつけて、どうにかしてやりたくなる衝動というものがあるのだと言えば、御厨はなんと答えるだろうか。

聞いてみたい気もしたが、さすがにそれは大人としてどうかと思い留まる。

でも、髪くらいなら、と誘惑に負けて御厨の前髪に触れた。やわらかな癖毛に指を絡めると、芽生えた疼《うず》きは強くなった。

まずい。即座に手を退《ひ》いたが、手首を御厨に摑まれた。

「みくり……」

離してほしいと言うつもりだったのに、できなかった。

突如御厨に飛びかかられ、背中から床に倒れた坂巻は、一瞬、我が身になにが起こったのか理解できずにいた。

「今日は告白するだけのつもりだったのに……坂巻くんが、そんな顔するのが悪いんです！」

そんな顔と言われても、どんな顔なのか自分では見えない。それ以前に、御厨の行動はまったく先が読めなかった。

「そんな顔って……」

「困ったような、可愛らしい顔です！」

「可愛らしい……？」

まさか御厨に可愛らしいなんて言われるとは思っていなかった。これまで他の誰にもそんな言葉を言われた経験はない。

「――御厨くん」

いや、いまは悠長に構えている場合ではなかった。このままではバスタオルがずれ、真っ裸になってしまう。それだけは避けなくてはならない。

「ちょっと、退《の》いてくれないかな」

動揺を隠して告げる。

「厭です」

きっぱりと拒絶が返ってきた。

「厭って……御厨くん、頼む、落ち着いてくれ」

構わずぎゅうと抱きついてくる御厨を、坂巻は懸命にバスタオルを死守しながら宥《なだ》めようとするが、御厨の手はいっこうに緩まない。

「先生が心のままにって言われました。こんなふうになったのは初めてなので……もう、どうしていいか」

力任せに身体を押しつけられて、どうしていいかわからないのは坂巻だった。

心のままだって？　――小野塚の温厚な顔を思い浮かべ、なにをけしかけているんだと心中で文句を言った。

御厨にとって、小野塚の言葉の効果は絶大だ。一言一句漏らさず聞き、習慣まで身につけるほど小野塚に心酔している。

御厨の場合、好きな相手に対して傾ける気持ちが大きいのだ。全力で信じ、慕う。そんな御厨に心のままになんてアドバイスしたら、どうなるか。

「……………」

どうなるのだろうと、ふと考えてみる。

御厨は、坂巻を好きだと言う。御厨にとってはおそらく不測の出来事であり、まさか自分が小野塚以外の人間を好きになるなんてと、少なからず戸惑っているはずだ。

そんな御厨だから、惚《ほ》れた相手にはすべてを預けてくるだろう。今後は、坂巻の言うこと全部に耳を傾け、合わせ、どこもかしこも坂巻の好み一色に染まるのだ。

そう考えれば、胸の疼きは耐えがたいほどになる。

「――俺のことが好きなんだ？」

シャンプーのせいか、甘い匂いを嗅《か》ぎながら耳許《みみもと》で問う。

くすぐったかったようで、細い身体が坂巻の上でびくんと跳ねた。

「……好きです」

微《かす》かに上擦った声。これほど情熱的で初々《ういうい》しい告白は初めてだ。いっそこのまま先に進んでしまおうか。

そうしても御厨はきっと厭がらない。もし途中で厭がったとしても、宥めて丸め込んで従わせることはできる。

脳裏を、あらゆる妄想が駆け抜けた。いや、妄想ではなく、坂巻が望めば現実にもできる。

御厨は、顔ばかりではなくどこもかしこも白いのだろう。クリームみたいに甘く蕩ける様を見てみたい。

坂巻はバスタオルから離した手を、御厨の背中へやった。体勢を入れ替えようと肩を浮かせたとき、御厨が肩口で吐息をこぼした。

「本当でした」

うっとりとした声で囁《ささや》く。

「恋は素敵なものだって先生が言われたあの言葉、私にもいまちょっとだけわかりました」

「………」

間がいいのか悪いのか。

坂巻は我に返り、御厨の背中から両手を離すと床に投げ出した。こんな台詞《せりふ》を言われて、なにができるというのだ。自分がひどく汚れた存在に思えてくる。

好きとか恋とか御厨は口にするが、そもそもそれらの意味が坂巻と御厨ではちがうのだ。

「とにかく、俺の上から降りてくれないか」

御厨はじっとしている。

「好きな相手に風邪ひかせる気か？」

己の我慢強さを自賛しつつ、言葉を重ねた。頼むからすぐに退いてくれと、懇願したい気分だった。

風邪と言ったせいか、今度は御厨も聞き入れた。

坂巻の上から起き上がると、はにかみながら、もとの位置まで戻って正座をする。先刻までとなんら変わらない姿だが、まったくちがって見えてしまうのは坂巻の事情だった。

「服を、着てくる」

御厨を視界に入れないよう注意し、バスタオルをきっちり巻き直してから立ち上がった。

「ごめんなさい」

坂巻に倣《なら》い、御厨も腰を上げた。

「今日は少し衝動的だったみたいです。でも、私は本気なので、もしよろしければ今回のお仕事が終わったあと返事を聞かせていただけませんか。それから、昨日はケーキをご馳走《ちそう》さまでした」

深々と頭を下げると、速やかに帰っていく。潔い――という言い方がもっともしっくりくるだろう。駆け引きも裏表もない。見事なまでに直球だ。

反して、ひとりになった坂巻はがくりと肩を落とした。

「……おいおい、どうするんだよ、これ」

頭をもたげつつある自身を、信じられない気持ちで睨みつける。御厨に気づかれなかったのが救いだが、たとえもとを辿《たど》れば御厨のせいであったとしても、こうなってしまったというその事実に打ちのめされた。

御厨が男だとかそういうことはどうでもいい。この際、目を瞑ることはできる。問題は御厨自身だ。どうやったらあそこまで純な人間に育つのかと、坂巻から見れば御厨は最早別の生き物のように見える。

まっすぐで、自身の心に素直だ。御厨は坂巻のことを可愛らしいと言ったが、御厨自身のほうがよほど可愛い。思いのほか情熱的だというのも知った。

つき合ってほしいと言われて、断る要素がひとつも見つからないというのがなにより大きな問題かもしれなかった。

「いや、まずいだろ」

正気になれ。何度も心中でくり返す。けれど、どれほど言い訳を並べようとも股間《こかん》の現実の前では説得力に欠ける。

坂巻は情けない気持ちでいっぱいだった。

5

そこにはうんざりとした顔があった。

「おまえ――」

うんざりとした声に、ソファにだらりと身体を預けていた坂巻《さかまき》は視線を上げた。声音同様、そこにはうんざりとした顔があった。

「なにか言ったか？」

煙草《たばこ》を銜《くわ》えたまま煙とともに問えば、加納《かのう》の眉間《みけん》に縦皺《たてじわ》が刻まれる。

「なにかじゃないだろう。朝からぼんやりして。鬱陶《うっとう》しい」

「ぼんやり？　俺が？」

自覚があるだけに、耳が痛い。気を抜けば、坂巻の意識は昨夜の出来事へと流される。

「ぼんやりなんかしてるか。考え事だ。考え事」

それも無理からぬ話だった。

御厨《みくりや》自身は告白して気がすんだのかもしれないが、動揺させられるだけさせられ、中途半端に放置された坂巻はたまったものではない。

しかも、ちょっとばかり興奮してしまったという罪悪感があるため、いつまでも尾を引いてしまっている。

時間がたつと、あのときの場面がより明瞭《めいりよう》に思い出される。しかも、歓迎できない方向にばかり意識が向く。

赤く染まった頬《ほお》。坂巻より高い体温。少し甘い匂《にお》い。潤んだ瞳。

いっそもう受け入れればいいじゃないか、これだけ気になっているということは自分もその気になっている証拠だろう、なんて思考にまでなるのだからどうしようもない。

実際はそう簡単ではなかった。御厨は男で、信じがたいほどの純粋培養だ。十以上年嵩《としかさ》である大人の義務として、御厨には気の迷いだと窘《たしな》めるべきだろう。

「……窘める？」

いったいなにをどうやって？　恋心というこの世でもっとも不安定な感情をどうやって窘めろというのだ。駄目と言われて引っ込められるなら、それは恋ではない。恋というのは衝動的で、熱病的で、他人の忠告などまったく無意味なものなのだ。

「……おわ！」

じりっと指に熱を感じて、焦がす寸前で慌てて吸いさしを灰皿に放り込む。中指を舐《な》めてい

ると、

「なにをやっているんだ」

心底呆《あき》れた半眼が流された。今度は一言の反論もできない。今日の自分がおかしいのは十分承知していた。

「あー、くそ！」

髪を両手でがしがしと掻《か》く。ここは冷静になるべきだ。いい大人として脳みそを使ってまともに考えれば、結論はひとつ。御厨には早々に返答をして無駄な期待を持たせない、それが正しい応対だろう。

——きみの気持ちは嬉《うれ》しいが、応《こた》えることはできない。

頭の中で反芻《はんすう》しつつソファから腰を上げた坂巻は、背凭《せもた》れに引っかけておいたジャケットを手にドアへ向かった。

「坂巻」

これ以上の忠告は不要だと返すつもりで、加納の呼びかけに一応足を止める。加納は坂巻の予想に反して、思わぬ言葉を投げかけてきた。

「おまえ、恋が生まれる法則というものを知っているか？」

知るわけがない。というよりも、堅物だと思ってきた加納の口からこんな台詞《せりふ》が出たこと自体、驚きに値する。

「この前テレビでやっていた。ひとつ目は、相手か自分、もしくは両方が好きだと思うこと。二つ目は、本人たちにその気はなくとも周囲が『あいつらはあやしい』と騒ぐこと」

いったいなにが起こったんだと、加納を凝視する。加納でも俗なテレビを見ているという事実、そして、それをいま平然と坂巻に語っている現実。二重の意味で衝撃だった。

「三つ目がなんだかわかるか？」

ぶんと首を左右に振る。加納がなにを言い出すか、興味があった。

加納は真顔で告げた。

「どちらかが窮地に立たされることだそうだ。そういうときに気持ちというのは動くらしい」

「――――」

なるほどと感心している場合ではない。いまの言葉によって加納がなにを言わんとしているのか、坂巻になにを望んでいるのか、重要なのはそっちだ。

いきなり恋の法則なんて語り出したのだから、なにか意味があるのだろう。

「その法則とやらと俺となんの関係があるっていうんだ」

ひとつだけはっきりしていた。加納は、昨夜御厨がなんの目的で訪ねてきたか、知っているのだ。

——坂巻に用事？

——はい。どうしても伝えたいことがあるので。

加納ならば、これだけの会話があれば十分だ。もし御厨が睫毛《まつげ》を数回瞬かせたのなら、間違いない。加納の洞察力は折り紙付きだった。

「関係はない。単なる世間話だ」

よく言う。

坂巻は、涼しい顔をしている加納に心中で悪態をつく。

「現場に行ってくる」

分が悪いのは承知しているので、一言だけ返して事務所をあとにした。

「まったく。なんだよ、あいつ」

加納は、坂巻を煽《あお》る目的でらしからぬ話題を提供してきたわけではない。ようするに客と揉《も》めるなという牽制《けんせい》であり、迅速かつ誠実に対処しろという無言の圧力だろう。

「……よけいなお世話なんだよ」

誠実に思案した結果、万が一にも友人が道を踏み外そうとした場合、加納はそれでもいいとでも言うつもりか。それに、恋が生まれる法則が本当にその三つだというなら、すでにふたつクリアしたことになってしまう。

おまえの相棒はいまぎりぎりなんだぞ。友人なら、目を覚ませくらいの台詞を言ってくれてもいいはずだろ？

相棒への不満をぶつぶつと並べつつ、約束の時間に間に合うよう坂巻は愛車を教会へと走らせた。

今朝のことだ、御厨に電話をかけて現場に同行してほしいと頼んだ。

御厨は二つ返事で承知した。坂巻を悩ませている張本人は、昨夜の出来事などなかったかのように、これまで同様馬鹿丁寧な口調だった。どんな顔をして会えばいいのかと気にしていた坂巻が拍子抜けするほどだ。

相手が御厨でなかったら、冗談だったのかと苦笑いしているにちがいない。

教会へは予定より十分前に到着する。御厨はなお早かったらしく、駐車スペースに軽トラックが停《と》まっていた。

当人の姿は見えない。車で待つように言っていたのだが。

「おーい。御厨く～ん」

坂巻は仕方なく周辺を歩き回り御厨を捜してみる。が、どこにもいない。先に裏山に行ってしまったのだろうか。人骨オタク――もといスペシャリストの御厨のことなので、他になにか見つからないかと目を皿のようにしてうろついているとも考えられる。

前方にひとの姿を認めた。神父と、ボランティアの森脇《もりわき》だ。彼らも坂巻に気づき、ふたり同時にこちらを向いた。

「こんにちは」

坂巻は笑顔で歩み寄る。

森脇はよほど坂巻が気に入らないのか、一礼して去っていく。元医師という安藤《あんどう》の言葉を本人に確認したかったが——後回しにするしかなさそうだ。

「今日は、どのようなご用件で」

神父は、ぎごちない笑みで応じた。

神父自身も坂巻の存在をあまり歓迎していないようだ。そういう人間は多い。探偵など所詮《しょせん》嫌われ者でしかない。

「裏山に入らせていただきたくて、ちょうどお訪ねしようと思っていたんです」

「裏山、ですか」

神父が、神経質な様子で眉根《まゆね》を寄せる。

「私のほうは構いませんが、警察の方がまだいらっしゃいますよ」

「ええ、わかっています。それで、御厨くんを見かけませんでしたか？　ここで待ち合わせたのですが」

「——御厨くん？」

市職員が紹介するのを忘れたのか、それとも単に名前を忘れてしまっただけなのか、神父は首を傾《かし》げる。

「まだ若いですが、大学の先生です」

「ああ、あの方ですか」

そして、裏山を指差した。

「裏山へ向かうのを見かけました」

やはり御厨は先に洞穴に行ったらしい。待っていろと言ったのに……裏山へと靴先を向けた坂巻を、神父が呼び止めてきた。

「あの、もしよろしければ、お茶でもいかがですか。私も気になっていましたので、その後の経緯などお聞かせいただきたいと思っていたので」

神父が敷地内で起こった事件を気にかけるのは当然だ。しかし、探偵にも守秘義務は発生する。それに、いまは早く御厨を追いたかった。

「いえ——」

辞退しようと口を開いた坂巻だが、寸前で思い直す。神父は、住民について坂巻の何倍も情報を持っている。会話の中からヒントを得られるかもしれない。

裏山を一瞥《いちべつ》し、しばし迷ったすえに承諾の返答をした。

「喜んで」

腕時計で時刻を確認して、神父と肩を並べる。礼拝堂の中へ入ると、外よりも空気がひやりとして、体感温度が低く感じられた。

無宗教の坂巻であっても、厳かな雰囲気に背筋が伸びる。正面中央にあるキリスト像や窓に用いられているステンドグラスに目をやりながら、神父のあとをついていった。奥のドアを開けると、薄暗い通路に出る。いくつかドアが見える中、もっとも手前が神父の私室だった。

「ここで寝泊まりされているのですか」

「ええ。以前は、教会のために働いてくださっている方も何人か住んでおられたみたいですが、いまは私ひとりです」

室内は狭く、けっしてくつろげる場所ではない。テーブルと書棚、小さなキッチンがあるだけだ。ドアのない続きの隣室は、ベッドとデスクのみで見事なまでに禁欲的な住まいだった。

ポットから注がれた紅茶を勧められる。礼を言って、坂巻はなにげなく窓際に歩み寄った。

左手には、御厨の軽トラックと坂巻の愛車が見えている。そこから視線を巡らせ右手へとやれば、そこは裏山だ。

「確か、あの裏山で自殺者が出たんですよね。だから、子どもが入らないよう親たちが注意し

ているとか」

神父は目を伏せた。

「ええ。詳しいことは知りません。前任者の頃ですので」

教会には子どもたちが出入りする。すぐそこにある裏山に近づくなと禁じるくらいなら、いっそ木々を切って更地にし、芝生を植えるなどして開放すればいいのだ。

そう言うと、神父は微苦笑を浮かべた。

「何度かお話は出ました。でも、結局は取り下げられるんです。ようするに大人たちは、縁起の悪い場所に子どもを近づけたくないわけですから、整地しようとすまいと同じなんです」

その気持ちはわからないではない。死人の出た場所を避けたいと思うのは、普通の感覚だ。

「まあでも、そのせいで中邑《なかむら》くんを殺した犯人は得をしたわけですね」

七年もの間見つからずにすんだのは犯人にしてみればこのうえない幸運だった。年月はあらゆるものを覆い隠し、風化させる。

同意を求めて振り返ると、目が合った途端に神父はびくりと肩を跳ねさせた。すぐさま取り繕い笑顔を見せたが、頬の強張《こわば》りまで消せない。

「……私が、至らないばかりに」

中邑貴治《たかはる》の話になると、神父は決まって強い後悔を見せる。何度か教会を訪れたという彼の相談にのれなかったから、神父は悔やんでいるのだと坂巻は思っていた。

だが、それだけだろうか。神父は、まるで昨日の出来事のように過剰な反応を見せる。なにか隠し事をしている人間の態度そのものだ。

いったいなにを？

「神父さん――あなた」

しかし、坂巻の問いかけは携帯電話の着信音に阻まれた。神父に断り出てみると、かけてきたのは小野塚だった。

『坂巻くん？　いきなりすみません。御厨くんに用があって何度か電話をしているんですが、彼が出ないもので』

そう言われて、坂巻はふたたび窓から左手に目をやる。軽トラックを見つめながら、なんとも言えない座りの悪さを感じていた。

『御厨くんと一緒ですか？』

「いえ。まだ会っていないんですが――もし洞穴内にいるのだとすれば電波が届かないのではないでしょうか」

それでもあえて暢気な返答をしたが、小野塚はその声音に困惑を滲ませる。

『御厨くんはあなたと駐車場で待ち合わせていると言っていました』

「…………」

確かにそうだ。駐車場でと言ったのは坂巻だった。

『御厨くんに会ったら、ゆっくりしてきていいと伝えてください。会議の予定がなくなりましたので』

御厨は駐車場で待っているとき、そこを離れなければならない不測の事態に襲われたのではないか。ふと、疑念が芽生える。あの御厨が、車で待っていてくれという坂巻との約束を違えるだろうかと。

『ああ、そういえば、気に入ってくれましたか？　御厨くんがあなたのためにと一生懸命考えて選んだものなんです。御厨くんの愉しそうな顔と言ったら、見ている私まで愉しくなってしまいましたよ』

気もそぞろに小野塚の言葉を聞き流した坂巻は、電話を切ると神父に失礼を詫び、すぐに部屋を出た。その足で裏山に向かう。

そこには制服警官と市職員が立っていた。御厨が来ていないかと問うたが、ふたりとも会っていないと答えた。

裏山にはいない。だが、確実に教会には来ている。

いったいどこに行った？

周囲を見回してみても、まるで見当がつかない。

「御厨先生を見つけたら連絡してください」

制服警官に名刺を手渡すと、坂巻自身は軽トラックの停まっている場所へ戻る。

運転席のドアを開けた。最初に視界に入ってきたのは、助手席に置かれた数本の赤いバラの花束だった。

それがなんであるか、坂巻にはすぐにわかった。

――ああ、そういえば、気に入ってくれましたか？　御厨くんがあなたのためにと一生懸命考えて選んだものなんです。

御厨は、バラの花束を坂巻にくれるつもりだったのだろう。早めに大学を出たのも、そのためだったのだ。

「……馬鹿だな」

御厨にならわかるが、坂巻のような男にバラの花束なんて不似合いだ。もったいない。けれど、どうせなら御厨自身の手から渡してほしい。

そんなことを思いながら、一方で胸騒ぎを抑えられなかった。

目が覚めるとともに、いきなり激しい頭痛に襲われた。いや、頭痛のせいで目が覚めたのかもしれない。

御厨は、痛みのひどいこめかみから懸命に意識を逸《そ》らすよう努めながら自分の置かれた状況を把握していった。

早めにラボを出たのは、フラワーショップに立ち寄るためだった。

坂巻のことを好きだと認識していく過程はとても素敵とは言い難く、最悪の気分になった。でも、どれほど考えても、自分の骨を預けられる相手が他に思い浮かばない以上あきらめるしかなかった。

だから、気持ちだけは伝えておこうと昨夜坂巻を訪ねていったのだが、感情を自制するのは難しかった。坂巻を見ているうちに好きだという気持ちがあふれ出し、どうにも我慢できなくなったのだ。

花束は、理性を失った行為に対するお詫《わ》びのつもりだ。

教会についたのは、約束の時間より二十分も早かった。車で待っていたとき、神父がやってきた。

今日はどうされたのですか？　そう問われて、坂巻と待ち合わせだと答えた。

――彼は、教会になにか疑問でも？

重ねての質問に、

――わかりませんが、坂巻くんは優秀な探偵さんなので、ここになにかあると考えているのでしょう。

御厨はそう答えた。

――優秀な、探偵さんなのですか……。

――もちろん。忙しい中、傘のことも気に掛けてくれていますし。昨日仕事先から帰ってきたばかりなんです。

――傘を……？

――はい。傘です。ただのビニール傘ですが。

――ビニール……傘。

直後、神父が表情を一変させた。いまにも卒倒してしまいそうなほど青ざめた神父に、御厨は運転席から降りた。

どうされたのですか？　具合が悪いのですか？　そう尋ねるつもりだった。が、できなかった。背後から何者かに殴打され、意識を失ってしまったのだ。

頭痛の原因は、殴られたためだ。

御厨は、椅子《いす》に座らされている。ガムテープで椅子に固定されているので身体は動かない。口もガムテープで塞がれている。

場所は不明だ。部屋のどこにも窓はなく、室内はじめじめとして薄暗い。

ひとの気配を感じ、耳を澄ました。話し声が耳に届く。言い争いをしているようだ。

「もう無理です」

この声の主はわかる。神父だ。

「無理って、どうするつもりだよ」

こちらは知らない。誰だ?

御厨は、頭が動かないよう注意しつつそっと周囲を見回した。薄暗い部屋に、ふたつの影。ひとりは神父で、もうひとりも教会で見かけた男だ。

「傘を捜すと言っていました」

「傘は俺があのとき処分した。見つかりっこない」

「ではなくて、凶器がビニール傘だと知られてしまっていると言っているんです! ……彼は、きっと気づいているんです」

ヒステリックに叫んだ神父は、その後、すすり泣き始めた。

大丈夫だと、男が肩を抱く。

御厨の視線に先に気づいたのは、男のほうだ。即座に神父から身を離すと、男は大股《おおまた》で御厨に歩み寄ってきた。

「目が覚めたのか」

がっしりとした骨格をしている。御厨ひとりくらい容易《たやす》く運べただろう。日々鍛えている体《たい》軀《く》だ。

「騒ぐなよ。どうせ、外に声は漏れない」

忠告とともに口のガムテープが剝《は》がされた。鼻の下がひりひりしたが、痛むほどではない。

「私の傘です」

話せるようになった御厨は、真っ先に神父の誤解を解くための言葉を発した。

「坂巻くんが捜してくれると言ったのは、なくしてしまった私の傘です」

そうくり返すと、神父が小さく声を上げる。自分が勘違いしていたと知り、ショックを受けたようだ。

「でも、なんとなくわかりました。坂巻くんが、被害者を刺した傘を捜しているのだと思って私を襲ったのですね。刺したのは神父さん。そして、死体を処分したのがそちらの方。ちがいますか？」

神父は、とうとうその場に頽《くずお》れる。当てずっぽうで言ってみたが、図星だったのだ。

「私をどうなさるつもりですか？　言っておきますが、この世に完全犯罪など存在しません。必ず犯行の証拠が残ります。いまの科学捜査は数ミリの毛髪や爪垢《つめあか》からだって、犯人を特定しますよ」

御厨の口上に、ははは、と乾いた笑いが室内に響く。嗤《わら》ったのは男だ。神父は彼を、森脇と呼んだ。

「気の強いガキだ」

森脇は、鋭い眼光で御厨を上から見下ろしてきた。

「俺は、おまえらみたいな生意気で訳知り顔なガキがなにより嫌いなんだ。毛髪？　爪垢？　ようは死体が見つからなきゃいいってことだろ？　今度は床下に埋めてやる。誰も教会の床下に死体があるなんて思わないしな」

芝居がかった口調に、ふたたび坂巻の顔が浮かぶ。坂巻は優秀な探偵だ。坂巻なら床下であろうと、きっと見つけてくれる。

たとえ骨になったとしても、きっと。

御厨は人類学者として骨に接する際、必ず彼らの生前を思う。どんな人物だったか、どんな生活をしていたか。既往歴や生活習慣。どんなふうに亡くなったのか。

その過程で、骨は御厨により詳しい情報を与えてくれる。あたかも、自分を知ってくれと訴えているかのように。

そして、そんなときは必ずと言っていいほどよみがえってくる記憶があった。五歳前後の記憶だ。

御厨の母は、常に玄関のドアを二センチほど開けていた。自分に万が一のことがあっても子どもが外へ出られるようにと、それは病弱な母の知恵だった。

母は幸運にも病院で亡くなったが、御厨は人骨を前にしたとき考える。ひとにはそれぞれの人生や思いがあるのだ、と。

「……厭《いや》です」

大きく息をつき、森脇を睨《にら》みつける。

「私は、まだ骨になるわけにはいきません。だって、恋の素晴らしさをまだ実感していないのですから」

坂巻から答えを聞いていない。色よい返事をもらえたなら、どんな心地になるのだろうか。もし断られてしまったら……きっと傷つくだろう。傷ついて自分は泣く。でも、まだどちらも御厨は知らない。

「は？」

森脇は嗤笑《ししょう》した。

「それは気の毒だ。だが、どうしようもない」

いったん御厨から離れると、隅に立てかけてあったゴルフクラブを手に戻ってくる。これで頭を殴られたなら、間違いなく致命傷になる。

「森脇さん……なにを、する気ですか？」

神父が震える声で問うた。

森脇は答えない。無言でゴルフクラブを振り上げた。

「やめてください！」

悲鳴にも似た神父の叫び声。同時に神父は、森脇の腕にすがりつく。

「これ以上、誰も傷つけたくありません！」

「もう遅い！」

ふたりがゴルフクラブを奪い合う。その間御厨は、坂巻のことを考えていた。

約束の時間は過ぎている。いま頃、坂巻は御厨を捜しているはずだ。おそらく案じているだろう。坂巻はそういうひとだ。

必ず来てくれる。根拠はないが、そう信じている。

「退《ひ》け！」

森脇が神父を振り払った。

神父が床に倒れる。

「こうするしかないんだ！」

咆吼《ほうこう》とともに、ゴルフクラブがぶんと空を切った。

コマ送りのようにゆっくりと動くゴルフクラブを、御厨はじっと見つめていた。これでまた心配かけてしまうな、と坂巻に謝りながら。


やはりおかしい。約束の時間はとっくに過ぎてしまったというのに、御厨は連絡ひとつ寄越さず姿を消してしまった。

御厨に限って有り得ない。御厨は、好きな相手には誠実であろうと努力する人間だ。その御厨が電話一本かけてこないのは、それができない状況にあるとしか考えられなかった。

確信すると同時に、どっと汗が噴き出す。悠長に構えていた自分を恨みたくなった。汗でびっしょりと濡れた手のひらを握り締め、坂巻は再度裏山へと走った。名刺を渡した制服警官を見つけると、

「御厨先生を捜してくれ！」

口早に叫ぶ。だが、なにが起こったのかと目を白黒させる彼は、坂巻を窺いその場に立ち尽くすばかりだ。

「説明している時間はないんだ。いますぐ手配しろ！」

苛立ちのあまり声高に命じて、ようやく行動に移すその姿を確認してから坂巻も敷地内を駆け回った。

「御厨くん！」

闇雲に走る間にもいたずらに時間は過ぎていく。わかっていながら、足を止めることができない。

「……くそっ！」

他の場所に連れ出されたのか。そうなると範囲が広がりすぎて捜しようがない。

もし御厨の身になにか起こったら……想像するだけで恐怖に駆られる。御厨の無事を願って、息苦しくなるほどだ。

握り締めた携帯電話の通話ボタンを押す。もう何度かかけているが、御厨は出ない。今度も虚《むな》しい着信音が鼓膜を揺らす。

舌打ちをして電話を切ろうとした坂巻だが、ふと、微《かす》かに自分の着信音とはべつの着信音が聞こえていることに気づいた。

黒電話の音だ。音のするほうへと急ぎ、御厨の携帯を見つけた。それは、軽トラックから教会への直線上に落ちていた。

なぜこんな場所に？　理由を熟考している暇はない。坂巻は携帯電話を拾い上げると、その脚で教会内へと入った。

「神父さん！」

呼んでも神父の姿はどこにもない。そのまま神父の私室へ向かった。ドアをノックしても室内は無音だ。誰もいない。

踵《きびす》を返したときだった。奥から物音が聞こえてきた。

続いて、微かに言い争う声。

どこからだ。いくつかあるドアを片っ端から開けていく。突き当たりに、取っ手のついていない小さなドアを見つけた。危うく見逃すところだった。

揉み合う音は、この中からだ。ドアに耳を押し当てた坂巻は、次の瞬間、はっきりと自分を呼ぶ声を聞いた。

ドアを蹴破《けやぶ》り、室内へ駆け込む。坂巻が見たのは、ゴルフクラブを振り上げた森脇と、その足にしがみつく神父の姿。そして、椅子に拘束されている御厨だった。

「――おまえらっ」

かっと頭に血が上る。激しい怒りに任せ、坂巻は森脇に飛びかかった。

その瞬間ゴルフクラブは方向を変え、坂巻の鼻先を掠《かす》める。

森脇は意味のわからない叫び声を上げ、すぐさままた襲ってくる。床を転がって避けると、低い位置から森脇の手を蹴り上げた。

ゴルフクラブは天井にぶつかり、回転しながら床に落ちた。

「探偵か！」

森脇は獣さながらに吼《ほ》えると血走った眼で坂巻を睨んでくる。その顔は黒ずみ、とうに正気ではない。

「ぐおおお！」

森脇が身を躍らせた。

繰り出されたこぶしを身を屈めて避けた坂巻は、森脇の足をすくった。バランスを崩したところを狙《ねら》い、すかさず腕を捕らえて後ろ手に捩《ねじ》り上げる。

「じっとしてろ。でないと、このまま腕を折るぞ」

呻《うめ》き声を上げる森脇を、折ってやろうかと威喝する。本音を言えば、腕の一本や二本ではとても気が収まらなかった。

「くそっ。放せ！　放せ！」

悪態をつく森脇を無視し、坂巻はその目を御厨へと向けた。

「平気か?」

外傷は見当たらない。だが、見えない場所に怪我《けが》を負っている可能性もある。

「平気です」

御厨は気丈にもうっすら笑みを見せた。それが空元気であるのは明らかだ。唇は小刻みに震え、肩で息をついている。

手近にあったガムテープで森脇の両手両足をきつく拘束した坂巻は、床に転がすと靴先で蹴った。この程度で溜飲《りゅういん》は下がることはなかったが、気がかりなのは森脇より御厨だ。

御厨を椅子から解放する。自分の目と両手で無事を確認していった。脚から肩まで触っていき、頬を包み込む。頭頂部に触れたとき、御厨は顔をしかめた。

「どこか痛むのか?」

旋毛《つむじ》に微量ではあるが血が付着している。殴ったのは森脇だ。

「いえ……大丈夫です」

冷静を装ってはいても、本心はちがう。どれほど怖かったか。それを証拠に坂巻のジャケットを握った御厨の手は白くなっている。

「大丈夫じゃないだろ?」

坂巻は、御厨の後頭部にそっと手を添えると、そのまま胸に引き寄せた。

「……坂巻くん」

御厨の体温と、自分を呼ぶ声にようやく胸を撫で下ろす。坂巻自身もどれほど動揺していたか、いまになって実感する。

「本当は怖かったです」

御厨が、ぽつりと本音をこぼした。

「でも、坂巻くんが来てくれると信じていたので」

素直な一言に、ああ、と坂巻は答えた。

「間に合ってよかった」

もし一瞬でも遅れていたら——考えたくもない。

息をついたとき、背後でことりと音がした。肩越しに振り返ると、神父が身を縮ませ、立ち尽くしていた。

「私のせいです……森脇さんは……私のために」

森脇を庇《かば》う言葉を口にし、ぼろぼろと涙を流す神父を哀れむ気にはなれない。七年前になにがあったのか知らないが、神父は中邑貴治が亡くなっていると知っていて隠していたのだ。

「あなたのためというのは、どういう意味ですか？」

真相を聞かずにはすまされないと強い口調で問えば、神父の喉《のど》から悲痛な嗚咽《おえつ》が漏れる。泣きながらすみませんと謝罪するその姿を前にして、坂巻は御厨から身を離した。床でもがいている森脇を尻目《しりめ》に、改めて神父に向き合う。

犯人像を坂巻なりに思い描いていた。神父にも疑心を抱いたが、聖職者という先入観は確かにあった。

「七年前に、なにがあったんですか？」

神父に詰め寄る。

神父は痙攣《けいれん》する唇を開いた。

「彼に……私の秘密を知られてしまったから……私は、彼を……」

「秘密？」

殺人の動機はそれぞれだ。金銭問題や感情の縺れ、怨嗟《えんさ》。秘密を知られてしまったというのも動機としてはあるだろう。

「ひとを殺さなきゃいけないほどの秘密って、なんですか？」

だが、神父は神に仕える身であり、懺悔を聞く立場にある。そんな人間がどうしてと思わずはいられない。

「あなたには、動機を明確にする義務があるでしょう」

苛立《いらだ》ちを覚えて厳しく糾弾しても、神父は弱々しくかぶりを振るばかりだ。

「それだけは……勘弁してくださいっ」

謝罪の言葉をくり返し、しまいにはわっと声を上げて泣き出した。

森脇は、いつの間にか動かなくなっている。転がったまま微動だにしない。

「傘で被害者の腹を刺したそうです」

坂巻の袖《そで》を摑《つか》んでいる御厨が、口を挟んだ。その手はまだ微かに震えているが、嫌悪も憐憫《れんびん》も排除した冷静な口調が御厨らしい。

「そして、森脇さんが裏山の洞穴に捨てに行った。そうですよね」

淡々とした御厨の言葉を聞いて、坂巻は神父と森脇を交互に見下ろした。

「傘で刺したって？——なら、鈍器で殴ったのはふたりのうちのどっちですか？」

中邑貴治の死因は撲殺だ。どちらかが後頭部を鈍器で殴っている。

「……床に、倒れたときに、頭を打ったのだと思います」

嗚咽をこらえながら、神父が切れ切れに答えた。そのときのことを思い出したのだろう、青白い面差しはさらに色をなくし、唇まで紙のように白くなった。

「いや、ちがう。彼は——」

鈍器で殴られたのだ。倒れて頭を打ったのと殴られたのでは明らかにちがう。

それを追及しようとした坂巻だが、言葉を呑《の》み込み、自身の頭の中を整理していった。

坂巻は、安藤を疑っていた。あの時点で動機があったからだ。

その安藤は、森脇を疑うような発言をしていた。中邑貴治と森脇が話をしていた場面を見かけたとも言っていた。

安藤と中邑貴治の線はすでに繋《つな》がっていた。中邑貴治と神父は、秘密を知られた者と知った者として繋がった。ならば、森脇と神父の関係は？

神父の重大な秘密。神父を庇《かば》ったという森脇。

ふと、線が繋がる。だが、そんなわけはないといったんは懐疑し、神父と床の上の森脇を交互に見た。

「あなた方は、もしかして」

打ち消そうとしても、打ち消すだけの根拠が思いつかない。聖職者だからというのは理由にならないとたったいま知らされたばかりだ。

「やめてください……っ」

神父が両手で耳を塞いだ。いまにも卒倒してしまいそうにがたがたと震えている。

「あのガキが悪いんだよ」

まるで坂巻の意識をそらそうとするかのタイミングでぞんざいに切り出したのは、森脇だ。

森脇は嗤笑を浮かべ、あのガキともう一度口にする。

「俺たちと自分たちは同じだと言いやがった。いろいろ相談にのってくれってさ。あのガキ、俺たちがやってるところを見たんだと。裏山なら、誰も来ないと思っていたのに」

殺されて当然だとでも言いたげに、森脇は嫌悪もあらわに唇を歪《ゆが》める。

指摘しようとしていたにも拘《かか》わらず、森脇の告白に坂巻は衝撃を受けてしまっていた。

「……殺すつもりなんて、なかったんですっ」

悲痛な声で神父が叫ぶ。

神父にしてみれば、中邑貴治の存在は脅威だったにちがいない。たとえ中邑貴治にそのつもりはなくとも、十分脅しに聞こえただろう。

森脇との関係は、神に背く行為だ。

「神父さん」

坂巻は深呼吸をする。

「神父さんが中邑くんを殴って殺し、森脇さんが死体を処理したというんですね。凶器はなんですか?」

そして、改めて問い詰めると、神父は涙で濡《ぬ》れた双眸《そうぼう》を大きく見開いた。

「……殴ってはいません。彼が転んで頭を打ったから」

この期に及んではぐらかそうとしても意味はない。かぶりを振って否定する。

「彼の死因は判明しているんです。彼は――」

だが、その先は雑音に掻き消された。ばたばたと数人の足音が近づいてきた。坂巻が手配を頼んだ警官が、同僚を連れてやってきたのだ。

「大学に連絡しましたら、御厨先生は教会だと言われたので……これは、どうなっているのですか?」

坂巻が蹴破ったドアから彼らは一様に覗《のぞ》き込み、森脇と神父、坂巻、御厨と順に視線を巡らせていく。驚いているようだが、事実を知ったときはさらなるショックを受けるだろう。

神父は手のひらで涙を拭《ぬぐ》うと、ゆっくり立ち上がった。

「七年前、私が中邑くんを殺しました」

警官たちは、まさに坂巻が想像していた通りの表情になった。目を見開き、口を開け、各々顔を見合わせる。

「警察に連れていっていただけますか」

神父のその言葉に警官たちより先に反応したのは、床の森脇だ。

「その前に、俺だ」

彼は驚くべきことを口にした。

「調べりゃどうせわかるだろうから言っちまうけど、あのガキは死んでなかった。傘でちょっと刺したくらいじゃひとは殺せない。腹の傷は浅かったし、脳震盪《のうしんとう》を起こして気を失ってただけだった。殺したのは、俺だ。俺がとどめを刺して、死体をばらした」

「……森脇さんっ。なぜそんな嘘を」

神父は困惑する。一方で、森脇はまったく耳を貸そうとしない。自ら率先して警官を促す。

「勤務先の病院を辞めたのも、神父がよけいなことを言い出さないか見張るためだったんだよ。神父がゲロしちまったら、俺にまで火の粉が飛んでくるのはわかっていたからな」

口早に捲《まく》し立てる森脇は、逃げられないと知ってすっかり居直っている。神父も森脇も、おそらく事実を語っているのだろう。

中邑貴治に脅されていると勘違いした神父が手近にあった傘で衝動的に刺してしまった。自分が殺したと信じ込んでいたが、中邑貴治は脳震盪《のうしんとう》を起こしていただけだった。目を覚ました彼を実際手にかけたのは、森脇だ。その後森脇は遺体を解体して骨の山に捨てた。あとは年月がすべてを消し去ってくれるのを待てばよかった。

警官に連れられて部屋を出ていくふたりの後ろ姿を見送った坂巻は、なんとも言えず苦い気持ちを味わっていた。

父親から依頼を受けた時点では、こんな結末になろうとは予想だにしていなかった。

「神父は、いったいどんな気持ちで過ごしてきたのかね」

七年間、気の休まる日はなかったはずだ。中邑貴治の顔が片時も頭から離れなかったにちがいない。

「大丈夫ですか？」

そんな言葉とともに、御厨が坂巻の隣に並んだ。

「やるせないって顔をしているので」

的確な指摘に、坂巻はひょいと肩をすくめた。

「ああ、やるせないって表現が一番相応《ふさわ》しいだろうな。というか、きみこそ大丈夫なのか」

御厨の頭を示す。御厨は、右手で髪をぱさぱさと跳ねさせた。

「瘤《こぶ》ができた程度です」

患部に触れたのか、顔をしかめる御厨に、部屋に入ってきたときの光景がよみがえる。もしゴルフクラブが御厨に振り下ろされていたなら、坂巻は森脇を断じて許さなかった。

「瘤っていうのも馬鹿にならないぞ。血が出てるし、病院で診てもらったほうがいい」

坂巻がそう言うと、御厨は微かに頬を染めた。

「坂巻くんが心配してくれて嬉しいです」

「…………」

相変わらずの直球だ。飾り気のない言動で容赦なく坂巻の弱い部分を突いてくる。御厨を前にすると背筋がくすぐったくなり、胸の奥が疼《うず》くのだ。

ここまで純なのは罪だなと苦笑した坂巻の耳に、黒電話の音が聞こえてくる。

御厨の携帯電話だ。

「そういや、これ」

ポケットから携帯電話を取り出した。紛失に気づいていなかったらしく御厨は不思議そうな顔をしたが、礼を口にして早速それを耳に押し当てた。

「すみません。連絡するのが遅くなってしまって」

嬉々《きき》としたその表情から、相手を誰何《すいか》する必要はない。

「あ、はい。ありがとうございます。ご心配おかけしました」

御厨は終始笑顔で小野塚と会話し、短い電話を終えた。

切ったあとも、ついさっきまで震えていた人間とは思えないほど上機嫌だ。

「先生大好きって？」

深い意味はなかった。こういうときも先生優先なのかと、軽い気持ちだった。

「ええ、大好きです」

御厨の返答もわかっていたはずだ。それなのに、明言されるとなぜか少しばかり面白くなかった。

「大好きな先生が待っているなら、早く帰ったほうがいいな。俺も忙しいし」

怪我を理由に御厨の事情聴取は明日にしてほしいと頼んだのは、坂巻だ。坂巻自身はこのあと警察に出向く約束になっている。

だが、口にしてから後悔した。いったいなにを言っているのかと自分が信じられなかった。いまのは、まるで、あれみたいだ。いや、それは有り得ない。なんで俺が教授に——。

「………」

自問自答しながら、頭に浮かんだ焼き餅《もち》という単語に自ら打ちのめされた気分になる。髪を掻き毟《むし》りたい衝動に駆られ、坂巻はくるりと向きを変えた。

「送っていく。軽トラックはあとで取りに来ればいいだろ？」

とても真正面から顔を合わせる気になれず、まっすぐ駐車場に向かうと愛車の運転席に先に乗り込む。御厨は黙って坂巻に従い、助手席におさまった。

「大学に——それとも病院に直行するか？」

存外素っ気なくなってしまった問いには、一言「大学に」と返ってくる。

大学までの道程は、息が詰まりそうだった。めずらしく御厨がずっと口を閉じているためだが——数分で坂巻は音を上げた。

「……考え事か？」

気詰まりのあまり、前を向いたまま話しかける。

けれど、なんでもいいから喋《しゃべ》ってほしいという坂巻の希望は叶《かな》わなかった。御厨は「はい」と答えたきりまた押し黙った。

いったいどうしたのかと心配になった頃、ようやくその重い口が開かれた。

「ずっと考えていたのですが」

真剣な横顔だ。そこには緊張も見てとれる。

「もしかして、さっきのは焼き餅でしょうか」

そのため、よもやこんな台詞が返ってこようとは思いも寄らなかった。完全な不意打ちだ。う、と呻いた坂巻は、返答に窮する。

そんなわけないだろ。馬鹿言ってるんじゃない。大人をからかうなんざ、十年早いんだ。いくらでも反論はあったはずなのに、手遅れだ。これほど間が空いてしまったあとでは、なにを言おうとそらぞらしい。

御厨の顔に、目映《まばゆ》いばかりの笑みが浮かぶ。

「そうならいいなって思ってました。実際本当だってわかると、嬉しい反面、恥ずかしくなるものですね」

　バラ色に輝く頰を間近にすれば、坂巻のほうがどうにも恥ずかしくなってきた。御厨といると、思春期の頃の甘酸っぱい気持ちを否応なく思い出させられる。

　――恋が生まれる原則というものを知っているか？

　しかもこのタイミングで加納の言った言葉が頭に浮かんだ。打ち消そうとすればするほど、どこからともなく声が聞こえてくる。

　――窮地に立たされることだそうだ。そういうときに気持ちというのは動くらしい。

　あれが事実なら、いまの状況がまさにそうではないだろうか。三つ目だ。これで三つすべての条件を満たしたことになる。

　いや、駄目だ。踊らされるな。

　あんなものはマスコミが考えただけで、現実には当てはまらない。

　確かに御厨のことは可愛いと思っているし、正直になれば好意も抱いている。が、だからと言って恋愛対象として考えられるかどうかは、まったくべつの話だ。

「坂巻くん」

　御厨が、甘ったるい声で坂巻の名を唇にのせた。

　やわらかそうな唇だと思った途端、急に車内が熱いと感じ始める。同時に、御厨のふわふわとした癖毛や、染まった頰、白い首筋が気になってきた。

「今日、坂巻くんのうちに行っていいですか？　いろいろとお話ししたいし」

よけいな話まで思い出した。今回の仕事が終わったら返事を聞かせてほしいと言われていたのだ。

イエスかノーか――迷うまでもない。

「悪い」

坂巻は頑《かたく》なに前方を向いたままではぐらかした。

「今日は報告書を書かなきゃいけないから。また今度な」

己の優柔不断さには呆れてしまう。返事を引き延ばしてどうしようというのか。ノーと言うつもりではなかったのか。

「――そうですね。ではまた今度」

御厨はほほ笑んだ。目の隅に入ったその笑みがやや寂しそうに見え、咄嗟《とっさ》に声をかけようと口を開く。が、すんでのところで思い留まった。

ハンドルをきつく握り締めた坂巻は、自己嫌悪のため息をつかずにはいられなかった。

6

中邑《なかむら》への報告をすませれば、坂巻《さかまき》の仕事は終わる。事件のあらましのみを簡潔に記した報告書を渡し、詳細は中邑の質問に答えるという形をとった。

「あれが隠していたのは、そうしなければならない理由があったからなんですね」

息子が同性愛者だった。その事実は、中邑にとって重いものだった。

事件については町内のみならず日本じゅうの話題の的になっている。

七年前に失踪した高校生の遺骨が発見されたうえ、それが殺人事件へと発展したのだ。しかも犯行の舞台は教会で、犯人は神父とボランティアの森脇《もりわき》だというだけでも十分にセンセーショナルだというのに、ふたりが同性愛の関係にあったとなればマスメディアはこぞって取り上げる。面白可笑《おか》しく騒ぎ立てられるのは、どうしようもなかった。

森脇と神父は、担当医と患者として出会ったという。

ふたりの間に愛情があったかどうかはわからない。おそらく、今後もふたりだけが知る事実なのだろう。

「息子さんはきっと悩んだでしょう。神父さんと森脇さんのことを知ったとき、おそらく嬉《うれ》しかったんだと思いますよ。誰かに話せるというのは重い枷《かせ》を外したかのような心地だったでしょう」

当時十五歳ということもあり、中邑貴治《たかはる》自身が同性愛者だと公表されなかったのがせめてもの救いだった。少なくとも父親は、これ以上息子を好奇の的にしたくはないはずだ。

いまでも彼が生きていたなら、少しはちがっていたかもしれない。十代の頃とはちがい、肩の力を抜く術《すべ》を見つけていたのではないだろうか。そう思うと、わずか十五歳で死ぬはめになった中邑貴治に憐憫《れんびん》の情が湧《わ》いてくる。

「生きていてくれさえすれば、よかったんですがね」

ぽつりとこぼした一言は、中邑の本音だろう。ようやく息子を亡くした哀《かな》しみに浸れるようになった彼の言葉は、坂巻の胸に響いた。

三十分ほどで中邑宅をあとにする。

帰りの車中でも事務所に着いてからも、坂巻が考えているのは御厨《みくりや》のことだった。

御厨にしても軽い気持ちで告白しようと決めたわけではないはずだ。それがわかるから、気の迷いだとあしらうのが躊躇《ためら》われる。

うやむやにしたまま最後に御厨と別れて、今日で四日。

こちらから連絡していないし、御厨からの電話もない。この仕事が片づけば、もともと接点など皆無なのだ。

御厨はいま頃、洞穴で発見された古い人骨と向き合っているのだろう。あの真摯《しんし》なまなざしで、一生懸命に。

御厨は、なにに対しても常に全力だ。

「暇そうだな。俺と代わってくれないか」

外から戻ってきたばかりの加納《かのう》が、ソファで煙草《たばこ》を吹かしていた坂巻を見るなりちくりと皮肉を口にした。

一見してそうとはわからないが、加納の機嫌は悪い。時折目を眇《すが》める癖は、不機嫌なときほど表れる。

「恋人役、うまくいってないのか？」

どうやら図星だったらしい、加納は疲れた仕種《しぐさ》で前髪を掻《か》き上げた。

「理不尽さに呆《あき》れているだけだ」

と、加納が不満をこぼすのには理由があった。

しつこい恋人と別れたいと依頼され、恋人役を何度か演じてみれば、いったいなにが不満なのかと問い質《ただ》したくなるほど相手はいい人間だったらしい。反して依頼主のほうは、好き放題言い放題。加納は相手に同情しているのだ。

あんな女性——依頼人を「あんな」呼ばわりするのはどうかと思うが——自分から捨ててしまえばいいのにと、加納にしてはめずらしく憤慨していた。

「いまさら恋人役を代わるなんて、どんな三文芝居だよ」

乱暴な手つきでジャケットを脱ぐ加納を気の毒に思いつつそう言えば、冷ややかな半眼が流される。

「そっちの三文芝居には、長々と出演しているっていうのに?」

「…………」

痛いところを突かれ、坂巻は顔をしかめた。加納は、坂巻が今回の事件を引き摺《ず》っていると知っている。それはおそらく、凶器が判明していないせいだった。

森脇は、なぜか肝心の殺害方法については濁しているらしい。

坂巻はじれったさのあまり、くそっと吐き捨てた。いったいなにがこれほど気になるのか。

なにかが引っかかっているのは確かだ。

坂巻の向かいのソファに、加納がどさりと腰を据えた。

どうやらつき合ってくれるらしい。加納に感謝しつつ、坂巻は吸いさしの火を消した。

「初めから確認していこう。七年前に行方《ゆくえ》不明になった中邑貴治の遺骨が教会の裏山で見つかった。彼は他殺で、遺体は解体されていた。当初彼は同性の教師とつき合っていて、その教師は、中邑貴治が行方不明になった直後に学校を辞めていた」

手帳を確認しながら話していき、ここまで間違いないなと加納に視線で確認する。

加納は頷《うなず》いたが、指を一本立てた。

「ひとついいか？　その教師は急になぜ辞めたんだ？」

「どうやら急にじゃなかったらしい。もともと家業の呉服屋《ごふくや》を継ぐことになっていたんだと。その件で中邑くんと揉《も》めていたと、安藤《あんどう》本人が認めたよ」

結果的に安藤の予想は当たっていたことになる。森脇が怪しいと坂巻に教えたのは、安藤だった。

「そして、神父だ」

話をもとに戻す。

「彼は、ある秘密を知られたからと中邑くんを傘で刺した。どうやらずっと自分が殺したと思っていたらしい。だが、実際は撲殺だった。御厨によると、犯人は背後から近づき、左から右に鈍器を——」

坂巻は言葉を切った。自分がなにに引っかかっていたのかようやく気づく。あのとき御厨はなんと言ったか。左から右に――確かにそう言ったのだ。

逸《はや》る気持ちを抑え、御厨に電話をする。コール音を聞く間も気が急《せ》き、坂巻はソファから立ち上がった。

『――はい』

御厨の声だ。話したいこと話さなければならないことはあるものの、とりあえず脇《わき》に押しやり強引に本題に入った。

「悪い。確認したいんだが、中邑貴治の頭蓋骨《ずがいこつ》、左から右に抉《えぐ》れていたと言っただろう？　あれは、左から右に振り下ろされたという意味か？」

唐突だったにも拘《かか》わらず、はいと御厨が答える。

「なら、犯人は左利きだ」

『そうです。使用した凶器は、詳しく調べてみれば判明するでしょう』

森脇は左利きだったろうか。懸命にゴルフクラブを振り上げている場面を思い出そうと試みる。よほど動揺していたのか、右だったような気もするし左だったような気もした。

こぶしはどうだったか。坂巻に殴りかかってきたとき、森脇は確か――。

『森脇さんなら右利きですよ』

先に御厨が答えた。

そうだ。繰り出されたこぶしは右手だった。
「それなら、神父が――」
いや、ちがう。坂巻に茶を用意してくれた神父は右利きだった。
どういうことだ？　神父も森脇も中邑貴治を殴ってはいないことになる。別に犯人がいると
でもいうのか。いるとすればいったい――。
『報告書にノコギリの刃の残痕と角度を記したのできっと警察はわかっているでしょう』
御厨はそう前置きして先を続けた。
『殴打した犯人は左利き、解体は右利きの人間によるものです』
「――」
無理だ、と坂巻は心中で答えた。普通の人間は御厨のような頭脳を持っていない。専門用語
を多用して書かれたであろう報告書に目を通したところで、犯人の利き手にまで気づいた人間
が果たしていたかどうか。
「ありがとう。すまないが、それを改めて警察にも言ってくれないか。俺はべつに確認したい
ことがあるから」
坂巻は口早に礼を告げるなり電話を切った。その手で今度は中邑貴治の当時の親友である清《し》
水《みず》にかける。坂巻だと名乗ると、清水の声は明らかな関心を示した。

『あ、アニキ。なんか、マジやばいことになってんね』

友人が殺害されていたと判明したときには怒っていたらしい清水だが、今回の展開には驚いているようだ。

というか、おまえのアニキじゃない。タメ口をきくな。声に出す代わりに坂巻は安藤の名前を出した。

「彼が左利きか右利きか、憶《おぼ》えてるか？」

『あー』

途端に清水の声が面倒くさそうになる。

『安藤のことなんか、憶えてないって』

気のない調子でそう言ったかと思えば、携帯電話越しに欠伸《あくび》まで聞かせた。

「なにがなんでも思い出せ」

苛立《いらだ》ちを隠さず、坂巻は低く命じた。

『でも、安藤だろ？　チョークどっちで持ってたっけ？　わー……ぜんぜん思い出せねえ。つか、興味なかったから』

期待外れの返答に、ちっと舌打ちをする。

それで坂巻の機嫌を察したようだ。ぶつぶつ不平を垂れながらも清水は真面目に記憶を辿《たど》り始めた。

『あ、待てよ。確かあいつ、ハンドボール部の顧問だったから――そう！　ペンと箸《はし》は右利きに直したって聞いた。ボールは左手で投げてて、これがまたへなちょこで――って、なんで安藤の利き手なんか知りたいわけ？』

聞きたいことは聞いた。礼ひとつで清水との電話を終えた坂巻は二階へ上がると、五分で荷物をつくった。

警察に任せるべきかもしれないが、現時点では想像の域を出ないし、証拠ひとつないのでどう伝えればいいのかすらわからなかった。

たったいま清水が言ったように、世の中には両利きの人間がいる。森脇もそうなのかもしれない。そう思おうとしたが、じっとしているのは難しい。

「もう一度安藤の実家に行ってくる」

加納にそう言い残し、愛車で駅に向かう。安藤の実家のある山陰《さんいん》まで、新幹線と在来線を乗り継ぎ片道四時間弱の道程だった。

ボストンバッグを片手に切符を買い、乗り口に向かっていると、驚くべき相手とばったり顔を合わせた。

もし偶然なら奇跡に等しい。偶然などであろうはずがない。

「お久しぶりです」

御厨は坂巻の正面に立った。

「……加納から聞いたのか」

いらぬことをと、坂巻は心中で加納を責めた。

この三日間、中邑貴治の事件を考える合間で、御厨のことも考えてきた。時間にすれば半々くらいだろう。そのせいで、罪悪感やら焦燥感やら喪失感やら安堵《あんど》感やらあらゆる感情に苛《さいな》まれてきた。

いま、一番避けたい相手だ。事件だけに集中したい。

「これからお出かけですか？」

どうせ加納から聞いているくせにと思いつつ、ああ、と答える。存外素っ気ない口調になってしまい、眉をひそめた。

「お仕事ですか？」

「いや。趣味みたいなもんだ」

仕事とは言えない。今回は自分のために安藤に会おうとしている。

「私もご一緒させていただけませんか？」

「…………」

なんら意外ではなかった。そのために御厨はやってきたはずだし、手にはボストンバッグがある。

だが、坂巻は戸惑った。一緒に行くのは……どう考えてもまずい。

「御厨くん、俺は――」

「お邪魔はしませんから。あ、そろそろホームに行かなきゃ間に合いませんよ」

御厨は、坂巻を急《せ》かして先にエスカレーターに乗る。

きっぱり断れないのは、坂巻に多少なりとも下心があるせいだろう。拒絶すれば御厨はきっと傷つく。傷つけたくないと坂巻は思ってしまう。

「急いでください」

本来の御厨はけっして我儘《わがまま》なタイプではない。たった一度、坂巻を押し倒したときを除けばじつに理性的だ。

もっともその一度にしても、御厨の可愛い部分だと坂巻は受け止めている。普段は生真面目を通り越して硬すぎる御厨だからこそ、なおさらそう感じるのだ。

いま、御厨がこれほど強引にことを進めるのは、のらりくらりと躱《かわ》してきた坂巻のせいだ。無理をしているかもしれない。そう思えば自身の腑甲斐《ふがい》なさが情けなく、御厨の後ろからエスカレーターに乗る足取りが重くなった。

新幹線がゆっくりホームに入ってくる。平日は空席も多く、なんなく自由席に並んで座った。

「学会以外で旅行をするのって、初めてかもしれません」

窓の外を眺めながら、御厨が頬を紅潮させる。愉《たの》しそうなその様子を前にして、いったいなにが言えるというのか。

「あ、坂巻くん。車内販売が来ました。お弁当でも買いましょう」

――恋が生まれる法則というものを知っているか？

加納のあの言葉もいけない。坂巻はすでに三つの法則をすべてクリアしてしまっている。御厨に好きだと言われ、加納に煽《あお》られている。たとえ加納自身にそんなつもりはなくとも坂巻がそう感じるのだから、同じことだ。

そして、窮地にも陥った。

御厨が捕らえられていると確信したとき、どんな手を使ってでも助けたいと思った。教会だったせいか、これまで一度もなかったくせに神にまで祈った。

御厨さえ無事なら他はどうでもよかったのだ。事件の解明すら二の次だった。

「……ちょっと電話してくる」

坂巻は席を立った。

デッキに出て、事務所の番号に電話をかける。いったい御厨になんと言ったのか、事と次第によっては文句のひとつもぶつけてやるつもりでいた。

『はい。S&K探偵事務所です』

抑揚のない加納の声が耳に届く。

「俺だ」

無愛想に返した坂巻だが、この後、文句を言う機会を逸した。加納から衝撃の事実を聞かされたためだ。

『ちょうど連絡しようと思っていた安藤だが、消えたぞ』

「…………」

苦々しさから、思わず唸《うな》った。もっと早く自分が気づいていればと悔やむ。

『現地の警察が呉服屋に行ってみたら、若旦那《わかだんな》は三日前から帰宅していないと従業員が答えたらしい』

三日前といえば、神父と森脇が捕まった翌日だ。安藤は小心者という印象だったので、怖くなったにちがいない。

「くそっ。あの野郎！」

周囲を憚《はばか》り声は抑えたものの、やられたという腹立たしさでいっぱいだった。一度は会っておきながら、みすみす逃がすなんて。

『そう怒るな。悪いことばかりじゃない。逃げたということは、己の罪を認めたも同然だ』

確かに加納の言うとおりだ。疚《やま》しいところがなければ逃げる必要はない。逃げたところで早晩捕まるだろう。

息をつき、怒りを鎮める。

「しょうがない。いまから帰る」

加納に告げると、なぜと疑問が返ってきた。

「なぜって、行っても意味がない」

当人が消えたのだ。会えないのにこのまま訪ねていく理由がない。

だが、加納が口にしたのは安藤の名前ではなかった。

『御厨くんが一緒にいるんだろう？　いい機会だから、断るなら断るではっきりさせてこい。いつまでも腑抜《ふぬ》けていられたのでは俺も迷惑だし、御厨くんも気の毒だ。いいかげんおまえらしくもない』

「…………」

加納は辛辣《しんらつ》だ。そのうえ正しい。己が腑抜けているという自覚があるし、御厨が気の毒だというのも本当なので坂巻は反論せず甘んじて受け止めた。

自分らしくない、というのは重々承知している。迷ったときはとりあえず動いてみてから考える性格の坂巻は、中途半端な状態がなにより嫌いだ。だからこそ中邑貴治の事件もずっと引き摺っているというのに、御厨に関してのみは別だった。自らその嫌いな状態を長引かせているのだ。

苦い気持ちで電話を切ると、憮然《ぶぜん》として席に戻る。

御厨は、坂巻の変化に気がついた。

「なにかあったのですか？」

坂巻は、感情的にならないよう気をつけながら肯定した。

「容疑者と思われる男が、逃げた」

男が誰を指すのか知らない御厨は、小首を傾《かし》げる。

「神父さんではなかったのですか」

「彼は右利きだ」

「なら、その容疑者は左利きですか？」

御厨は多くの言葉を必要としない。

「——もとは左利きだ」

たったこれだけの答えで納得した。証拠こそが真実を明らかにすると信じているからだし、自らの分析に自信を持っているのだ。

「なら、そのひとですね」

明瞭《めいりょう》な返答に、御厨の潔さを羨《うらや》ましいと思う。仕事に限らず、御厨は常にまっすぐで自分の進むべき道がよく見えている。

「このまま行く理由がなくなった」

隣の御厨ではなく、前の座席に向かって告げた。

御厨の返答は一言だった。

「残念です」

次の駅で新幹線を降り、とんぼ返りする。フィアットを停《と》めた駐車場の前まで戻ったときには、すっかり夜になっていた。

「飯でも食いに行かないか」

ほんの罪滅ぼしのつもりだった。御厨は、喜ぶものと思っていた。本当ですか。行きます。笑顔で快諾するものだと決めつけていた。

だが、御厨は目を伏せた。

「いえ、やめておきます」

よもや断られるとは思っておらず、坂巻は面食らう。

拗《す》ねているわけではないだろう。御厨の唇は尖《とが》っていない。

「けど、弁当を買おうって言ってただろう？」

腹が減っているのだとばかり思っていた。

この言葉にも、御厨は静かに首を振る。

「お腹がすいていたわけではないんです」

それを最後に、一礼すると踵《きびす》を返した。タクシー乗り場へと歩いていく御厨の背中を、坂巻は無言で見送るしかなかった。

愛車のエンジンをかけながら、初めて自分が落ち込んでいるのだと気づく。なぜなのか、思案するまでもない。

旅行するのは初めてだと言った御厨は愉しそうに見えた。その御厨の期待を、坂巻自身が奪ってしまったのだ。

――残念です。

そう答えたときの御厨がどんな顔をしていたのか、思い出そうとしてみるが、どうしても思い出せない。

当然だ。彼は坂巻の目に触れないよう顔を背けていたのだから。

物事は、言葉だけでは判断できない。迷いのない強い人間に見えても、些細《ささい》な表情やちょっとした仕種《しぐさ》にこそ内面が表れる。御厨がまっすぐなのは、自身がそうあろうと努力している結果なのだと、坂巻は初めてそのことに思い至った。

そんな御厨を傷つけてしまった。

車中で、ハンドルに手を置いたままじっと一点を睨《にら》む。

自分が躊躇《ちゅうちょ》する理由はなんなのか。それなのに、明確に断らず返事を引き延ばすのはどうしてなのか。いまさら改めて考えるまでもなかった。

ようするに、どちらも同じ理由からなのだ。

坂巻はハンドルから手を離すと、キーを回してエンジンを切った。


タクシー乗り場で順番を待ちながら、御厨は唇を噛《か》みしめる。どうやったらこれ以上頑張れるのかわからなくなってしまった。

やれるだけのことはやろうと決めた。恋の素晴らしさは実感したし、頑張った結果、もし駄目でもそれはそれでいいと覚悟を決めていたつもりだった。

でも、現実は少しも覚悟なんてできていなかった。

坂巻は迷惑そうに見えた。きっと迷惑だったのだ。

「……やめとけばよかった」

加納から連絡を受けたとき、正直悩んだし、待ち伏せなんてやめようと一度は思った。

――坂巻は、見かけよりずっと誠実な男だ。きみがもし本気なら、本気でぶつかってみればいい。どんな返事だろうと、坂巻は必ず真剣にするから。

御厨が女性ならば傍観しているんだが、と加納はつけ加えた。同性ゆえに、普段とはちがう友人を放っておけないのだと。加納は、御厨に対してフェアであろうと最大限の努力をしているのだろう。

荷造りをして駅に向かう間も迷っていた。返事は確かに欲しい。けれど、駄目だった場合はどうしよう。答えを聞くのが怖くもあった。

もう行く必要がなくなったと坂巻が言った瞬間、御厨は悟った。これは坂巻の答えだ。仕事以外でつき合うつもりはないという意味なのだ。

妬《や》いてくれたのではと思い、一時は期待もしたが、あれは御厨の早合点だったらしい。

それならきっぱりとあきらめなければ。しつこい男は嫌われるとマイクも言っていた。

「これぱっかりは……しょうがない」

自分が好かれなかったのは、坂巻のせいではない。この世にはどうしようもないことがあるのだと、学んだと思えばいい。

自分に言い聞かせ、なんとか割り切ろうとする。実際はなかなか難しい。すっぱりあきらめるどころか、じわじわと哀しみが押し寄せてくる。

鼻の奥が、つんと痛くなった。もっと痛いのは心臓だ。重苦しくて、息をするたびに絞られているかのような疼痛《とうつう》に襲われる。

なんとか耐えなければ。こんなところで泣くわけにはいかない。その代わり、寮の部屋に戻ったときは、思いきり泣く。御厨はそう決めて、深呼吸をくり返した。

ようやく前の客がタクシーに乗り込み、自分の順番が回ってきた。これでやっと帰れると安心した途端、急激に寒さが身に染み、目の前で開いたドアから後部座席へと身を滑らせた。

直後だ。

ぐいと腕を引かれ、外へと連れ戻される。いったいなにが起こったのかと目を白黒させる御厨の前には、たったいま別れてきたばかりの坂巻がいた。

坂巻は、とっくに帰ったものと思っていた。

「……坂巻くん」

名前を呼んでも返答はない。御厨の腕を摑んだまま、坂巻は駐車場へと引き返す。

フィアットの助手席に押し込まれた御厨は、どうしていいのかわからず混乱していた。

失恋したと、寮に帰って泣く予定だったのだ。実際、あと少しでタクシーに乗って帰るところだったし、すでに涙を堪《こら》えるのも難しくなっていた。

　でも、坂巻が現れたせいで、驚きのあまり涙が引っ込んだ。御厨のすぐ横、運転席に坂巻がいるのだ。

「ごめん。俺のせいだ。俺が全部悪い。許してくれ」

　そして、なぜか謝罪の言葉を連ねる。謝られるようなことなどひとつもないというのに。

「――傘のことなら、気にしないでください。あれは口実です」

　御厨がそう言うと、坂巻はそうじゃないと否定した。

「――いや、それもある。捜してない。バラのこともそうだ。俺にくれようとしていたんだよな？　本当に悪かった。まったく、俺って奴は――」

　坂巻の口からため息がこぼされる。事実、暗い車内に射し込む街灯の明かりに浮かび上がった精悍《せいかん》な面差しには、後悔が滲《にじ》んでいた。

　この期に及んでなお、どんな顔をしても格好いいなんて見惚《みと》れる自分には呆れるほかない。

　御厨は慌てて目を伏せた。

「もし私を振ったことを謝っているのなら、それには及びません。しようがないことですし、坂巻くんを嫌いになんてなれないですから」

　口にして気づく。振られてもまだ坂巻を好きだと思う、その気持ちは本当だ。どこがと聞かれても、言葉ではうまく表せない。御厨の目には、どんなときも坂巻が一番魅力的で素敵に見えてしまうのだ。

「振ってない」

坂巻のその言葉に、御厨は膝《ひざ》に落としていた目を上げた。

「いま返事していいか」

「え……でも」

振られたと思ったのは早合点だったのか。しかし、ついさっきまで御厨は確かに、ひとりでタクシー乗り場に立っていた。

「坂巻く――」

「俺も好きだ」

御厨が名前を呼んだのと、坂巻の返答と、唇に吐息がかかったのはほぼ同じタイミングだった。反射的にぎゅっと唇を引き結ぶと、そこにやわらかい体温が触れた。

続いて湿った感触が御厨の唇を往き来し始めたかと思えば、

「口、開けてくれ。ちょっとでいいから」

普段よりもやや低い声が御厨に試練を与えてきた。

わかっている。これはキスだ。これまで御厨が経験してきた信頼のキスとはちがう、恋人同

士のキスだ。少しでも口を開ければ、坂巻の舌が入ってくるだろう。その場面を想像しただけで心臓が暴走し、眩暈《めまい》まで覚えた。

このままではどうにかなってしまいそうだ。

御厨は顔を俯《うつむ》けキスから逃れると、一度肩で息をついた。

「ほ……本当に？」

声が掠《かす》れている。信じられない気持ちと、キスしたことによる昂揚《こうよう》のためだ。

ほんのわずかの疑念もある。一度は振られたとショックを受けたので、自分が都合のいいように受け止めているのではないかという疑いが拭《ぬぐ》いきれないのだ。

「嘘でこんなことをすると思うか？」

返ってきたのは、望む言葉だった。御厨は安堵し、天にも昇る心地になる。

やはり小野塚《おのづか》は正しかった。いや、想像していたよりずっとすごい。

「なら、私とおつき合いしてくれますか？」

改めて申し込むと、坂巻が額をくっつけてきた。

「ああ、つき合おう。俺から頼みたいくらいだ」

「……坂巻くん」

嬉しい。これ以外の言葉なんて思いつかない。御厨は坂巻の背中に両手を回すと、自分から唇を押しつけた。

坂巻に求められるまま口を開ける。唇が深く合わさった。途端に熱い舌が滑り込んできて、御厨の口中を自在に動き回り出す。

微かに感じる苦さは、煙草の味だ。坂巻のキスの味。

「……ん」

思考がぼんやりとしてきた。視界も潤み、身体が熱くなり、呼吸の仕方すら忘れて息が苦しくなる。

胸を喘《あえ》がせると、坂巻の唇が顎《あご》へと滑っていった。口は解放されたというのに、息苦しさは消えない。むしろひどくなっていく一方だ。

「あ……坂巻く……」

坂巻が、御厨の喉元《のどもと》で何事か小さく呟《つぶや》いた。聞き取れなかったが、それとともに、身動きひとつできなかったはずの身体が解放される。

坂巻は大きく息をつくと、無言で車のエンジンをかけた。坂巻のフィアットが、駅の駐車場を出る。

御厨は、黙ったまま助手席で膝を抱えた。なにか言いたかったが、言葉が見つからない。意識のすべてが隣の坂巻と、自分の唇へ向かう。

視線はウィンドーの外へ向けているが、景色などまるで目に入らない。

暗く静かな車内に、速いリズムを刻む耳障りな音が響く。それが御厨自身の鼓動だと気づいたとき、たまらない気持ちになった。

坂巻のキスは、熱くて煙草の味がした。息苦しくなる反面、あまりの心地よさに胸の奥がぎゅうっと締めつけられた。

まだしたい。あれではぜんぜん足りなかった。

キスして、もっと抱き締めてほしい。

「……坂巻くん」

御厨はウィンドーに向かって呼んだ。

坂巻は短い返事をしたが、なにかとその先は問うてこない。

「どこかで、車、停めてくれませんか?」

これにも返事はない。坂巻はもうキスしたくないのだろうか。あれだけで満足したというのだろうか。

御厨は、これ以上我慢できそうになかった。震える唇を解いた。

「もう一回、したいんですが」

心のまま言葉にすれば羞恥心《しゅうちしん》で頭の中が沸騰する。恋とはこれほど恥ずかしくなるものなのかと、小野塚の教えてくれなかった感覚を実感しながら、恥ずかしさのあまり抱えた膝に顔を伏せた。その直後、いきなり車体が右に傾《かし》いだ。

フィアットが急停車する。膝から顔を上げて隣の坂巻を窺《うかが》ったが、どんな表情をしているのか見ることは叶《かな》わなかった。

シートベルトを外され、坂巻に抱き寄せられたためだ。

「どうしていまそういうことを言うかな。ひとがせっかく必死で我慢していたっていうのに」

肩口で苛立ちを含んだ声を聞く。怒ったのかと思い、すみませんと謝罪すれば、坂巻は御厨のうなじに軽く歯を立てた。

「じゃなくて、俺が我慢できなくなったらどうするんだって話」

そちらの意味だったのかと安堵する。それならなんの問題もないので、御厨も坂巻の背中に両手を回した。

「大丈夫です。幸いここは暗いですし、誰もいないし」

建設途中のビルの駐車場だ。公道からは死角の位置にフィアットは停まっている。おそらくこれも坂巻の計算だろうが。

「坂巻く……」

だから早くと催促しようとした御厨を、しっと坂巻が制した。

「これ以上そそのかさないでくれ。いまの俺の忍耐力なんて、そのへんの石っころより軽くなっているんだから」

まだキスしてくれるつもりはないらしい。普段なら愉しめる坂巻との会話も、この状況では邪魔者に思えてくる。

御厨は、もう限界だと自分からキスしていった。驚愕《きょうがく》する唇を塞ぎ、先刻学んだばかりのやり方で舌先を口中へと差し入れる。

坂巻の舌を見つけて絡めれば、背筋を、ぞくぞくとした痺《しび》れが駆け抜けた。

「ん、ん……」

ようやく希望が叶い、悦《よろこ》びが胸に広がる。夢中でキスしながら身体を押しつけていくうち、御厨は坂巻の上にほとんどのり上がる体勢になった。

坂巻が、「くそ」もしくは「この」と口中で吐き捨てた。かと思えば、キスは貪《むさぼ》る勢いで激しくなった。

「うん……ふ……」

それと同時に、坂巻の手が身体を這《は》い回り始めた。いつの間にか御厨のシャツの前をくつろげていた坂巻が、手のひらで直接触れてくる。

「あ、あ……や……」

撫で回されて、頭の芯《しん》が風邪でもひいたときのようにぼんやりとなる反面、肌は怖いほど敏感になる。

坂巻に触れられているところはもとより、まだ触れられていないところも熱く疼き出す。

「坂……きくん……あ、ぅ」

太腿《ふともも》を跨《また》いで完全に上にのった御厨は、自ら身体を揺らめかせた。なにをしようと考えた結果ではなく、そうしたくてたまらなくなった——いわば本能だ。

「言っとくが、普段の俺はこんなにがっついてないし、ちゃんと段階踏むつもりだったんだ」

口づけの合間に坂巻が言った。

御厨も同じだ。これほどがっついた記憶はない。というより、そもそも性的に興奮した経験があるかどうかも怪しいくらいだ。

「……無理」

でもいまは、段階を踏むことを考えただけでぞっとする。

「ああ、無理だ」

同意が返る。そして、

「腰、上げて」

声のトーンを落とした坂巻がそう囁《ささや》いた。触れた吐息の熱さに、御厨の身体はいっそう昂《たか》ぶりを増す。

言われるまま腰を浮かせると、スラックスと下着はいとも容易《たやす》く脱がされていった。下半身をあらわにされたことによる恥ずかしさはあるが、解放された安堵のほうが大きい。

「坂巻……くんも」

こみ上げてくる欲求に任せ、坂巻の中心に両手をやる。坂巻は、ジーンズ越しでも驚くほど硬くなっていた。

布一枚がもどかしい。御厨は手探りでジッパーを下ろす。手順なんて知らないから、今度も本能のままだ。

「そういうことすると、一気に進みたくなるだろ」

掠れた声でそう言った坂巻に、御厨は回らなくなった思考でその意味を考え、「あ」と小さく声を上げた。

後部座席のボストンバッグ。その中に入れてきたのは着替えのみではない。もしそういう雰囲気になったときに慌てないようにと、ネットで調べて準備してきたのだ。そこにはもちろん既成事実を作ってしまえという下心もあった。

「進んでも、い……」

ボストンバッグを示そうとしたが、できない。大きな手で性器を捕らえられ、指で扱《しご》かれ、あっという間に射精感が昂まる。

「あ、あ……待って……」

坂巻の首にしがみついた御厨は堪えようと努力したが、すでに自分でコントロールするのは難しかった。

「こんなところでしない。怪我《けが》なんかさせたら……落ち込んで立ち直れなくなる」

坂巻は硬くなった中心を御厨に押しつけてくるばかりで、前をくつろげもしない。御厨だけを追い立てていく。

「大丈……バッ……グに、あ、や、駄目」

待ってと訴えたかったが、より強く擦《こす》られては抗《あらが》うすべはなかった。キスされ、舌を甘噛《あまが》みされた瞬間、御厨は耐えきれずに極みの声を上げて仰《の》け反《ぞ》った。

大きな手のひらに包まれて達した行為は、これまで味わったことがないほどの快感を御厨にもたらしたが、坂巻の手とシャツを汚してしまい少なからずショックを受ける。

よかったかと耳打ちされて、御厨はかぶりを振った。

「ぜんぜん、よくないです」

「え？　けどいま」

御厨の返答を聞いて、坂巻が慌てる。だが、御厨の本心だった。

せっかくすぐそこにいろいろ備品があったというのに、活用できなかった。一方的な快感に意味はない。自分が感じるのと同じだけ、坂巻にも感じてほしかったのだ。

「潤滑剤とか用意してきているのに、使えませんでした」

そのつもりはなかったが、恨みがましい口調になり、ぐすっと鼻を鳴らす。

坂巻は困惑顔で眉尻《まゆじり》を下げた。

「ごめんな。じゃなくて、ありがとう」

やわらかな声で礼を口にする。そんな言葉を言ってほしかったわけではないので、再度首を左右に振った。

「いや、でも本当に嬉しいんだよ。ちゃんと一生懸命考えていたんだなあって思って」

「考えるに、決まっています」

必死で考えるのは当然だ。自分と好きなひとのことなのだから。

唇を引き結んだ御厨の頬に、坂巻が口づけてきた。

「だったらそれ、俺のうちで使ってもいいか?」

自宅への誘いだ。思案する必要はない。

「本当ですか」

それでも確認のためと聞き返すと、もちろんと返事があった。

「いまから？」

「いまから」

御厨も、今度はこくりと頭を縦に動かした。

助手席に戻り、汚れた下肢に渋々衣服をつける。坂巻は手のひらをシャツで拭ったのみで、そのままハンドルを握った。

とりあえず気持ちが落ち着くと、すまない気持ちになる。我慢がきかずに途中でねだったのは御厨で、坂巻は初めからうちに戻る予定だったのだろう。

「坂巻くん」

でも、とても我慢ができなかったのだ。あのまま放置されていたら、気がおかしくなりそうだった。

「うちに戻ったら、頑張ります」

せめてもの詫《わ》びにと御厨がそう告げると、坂巻が苦笑いした。いらぬことを言わなければよかったと悔やんだものの、互いに緊張を解《ほぐ》す手助けにはなったらしい。

「思ったんだが、名前の呼び方変えてみないか」

坂巻が提案し、御厨も承知する。車中の十数分間で話し合い、ふたりで新たな呼び方を決めた。

「御厨くん」という小野塚の優しい呼び方が好きだ。でも、坂巻の「文人《ふみひと》」も勝るとも劣らないほど気に入った。なにより親密な感じがする。

マンションの駐車場に着いた。

フィアットを降り、エレベーターで事務所兼住所のある五階まで上がる。

「寮は、外泊届が必要だったりするのか？」

「いえ。でも、食事の取り消しはしなければならないので、書類は一応出します」

「そっか。無断外泊は基本できないんだな。大変だ」

傍《はた》から見れば、ごく普通に会話しているように見えるかもしれない。けれど、どんなに普通に振る舞っていても内面はちがう。

車中のなごやかな雰囲気は一変、息遣いにも敏感になる。心臓は痛いくらい速いリズムを刻んでいるし、足許《あしもと》はまるで雲の上でも歩かされているかのようにおぼつかなかった。

坂巻が事務所のドアを開け、御厨が先に入る。住居スペースである二階へは、手を繋《つな》いで上がった。

「シャワーはあとでいいか」

あとでも先でもいい。昂揚のあまり、そう答える声が上擦った。寝室のベッドを前にすれば、なおさらだ。

シャツを脱ぎ捨てた坂巻の上半身があらわになる。御厨よりずっと大人の身体だ。好きなひとの裸となれば、じっと見つめてしまう。

「そんなに見つめられたら照れるだろう」

苦笑する顔も他の誰より格好よく思える。比べるひとがいないくらいに。

「――先生が、ハンサムだって言っていました」

「俺？」

自身を指差す坂巻に、頷く。

「はい。ハンサムで頼りになるって」

さすが小野塚だ。聡明な小野塚のことなので、御厨自身より先に御厨の気持ちを察していたにちがいない。

「それは光栄だな。けど、俺としては先生より文人がどう思っているかのほうが気になるんだが」

どうだ？　と笑みとともに水を向けられ、頬が赤らんだ。なにしろ一目惚《ひとめぼ》れらしいので最初から「ハンサムで頼りになる」という印象を抱いていたのだ。考えるまでもない。

「……わかっているくせに」

気恥ずかしさからふいと顔を背けた。ちょうど床に置いたボストンバッグが視界に入ってきて、今度は失敗しないようにと御厨はそこからドラッグストアの袋を取りだした。

中身はコンドームと無香料のローションだ。潤滑剤はなにがいいかと悩み、店員に問うた結果、香りのないものを選んだ。

黙ってそれを坂巻に差し出す。袋の中を覗いた坂巻は、大きな手で御厨の髪をくしゃくしゃと掻き回した。

「えらいな。買うの勇気いっただろ？」

えらいと言われたのは、二度目だ。坂巻に誉められると誇らしい気持ちになる。

勇気がいったというのはその通りだが、必要な勇気だったのでたいして悩まなかった。

「平気です」

そう答えた御厨だが、この後すべてが吹き飛ぶ。

坂巻が、御厨のうなじに指を這わせてきたからだ。

「一緒に使うところ、想像した？」

あげくこんな質問までしてきて——。

車中でキスしたときは、暗かったためにはっきりと表情までわからなかった。いまの坂巻は、御厨の知らない、初めて見る顔をしている。

笑みももうない。普段よりも熱っぽく見えるまなざしのせいで、衣服の中で肌が一気に汗ばんだ。

「し……しました」

嘘はつけず、正直に答える。

「俺も」

坂巻は、うなじから胸へと滑らせていった手で御厨のシャツの釦《ボタン》を器用に外していった。夢中でなにがなんだかわからなかった車中より、いまのほうが数倍恥ずかしいし、どきどきする。

期待で身体が勝手に震え出す。

「俺も車を運転している間、ずっと想像していた。どんな顔で買ったんだろうとか、買うときなにを考えていたんだろうとか。使ったら、どうなるんだろうとか」

「………」

そういうふうにはまったく見えなかった。表面上はいつもと変わらない坂巻だった。坂巻も御厨同様、内心ではちがったのだと知り、ほっとする。

「頑張ってくれるんだろ？」

期待してるよと言われ、身体はもっと熱くなった。

ベッドに腰かけた坂巻が差し出した手を、御厨は取る。そのまま引き寄せられ、ベッドの上で抱き合った。

先刻の行為は確実に尾を引いていて、体内でくすぶっていた火が一気に燃え上がった。キスを交わしながら互いに邪魔な衣服を脱がせ合う。他人の素肌がこれほど心地いいものだと、初めての感触を味わう。

「芳隆《よしたか》くん」

車中で決めた呼び方を唇にのせた。名前を呼ぼうと提案したのは坂巻だが、口にした途端に甘ったるい感情が身体じゅうを満たしていき、なぜか涙がこみ上げそうになった。

身体を擦りつけるようにしながら、互いの性器に触れる。御厨が我慢の限界まで達する前に、坂巻はローションの蓋《ふた》を開けた。

「見てるか?」

「見てます」

目を閉じるのは惜しい。坂巻の動きのひとつひとつを自分の目で確認したかった。

長い指がローションをすくう。手のひらであたためる。そして、その手が視界から消える。

「あ……」

奥に触れられた瞬間、無意識のうちに身を縮めていた。けれど、それも束の間で、すぐに与えられる刺激にのめり込む。

坂巻がうまいのか、御厨にもともと素質があったのか、苦痛はほとんどない。浅い場所を探ってくる指をじれったく感じて、自然に腰が揺らめいた。

「あ……も……」

「もっと？」

「ん」

ネットで集めた情報では、慣れると気持ちいいとあった。慣れないうちはつらいとも。だからそれなりの覚悟はできていたというのに、少しもつらくないのは誤算だった。

「あ、あぁ」

指が深く挿《はい》ってきた。内壁を擦られ、どこかわからない場所を突かれて声が抑えられなくなる。残っていたはずの羞恥心もどこかへ消えた。

「――やっぱり、蕩《とろ》けた」

坂巻が囁いた。

「ぁ……なに……」

意味がわからず問い返したものの、すでに答えを聞く余裕はない。我慢できずに自ら脚を開いて先をねだった。

「も……い……いいです」

御厨の用意したコンドームを使う。その際初めて硬くそそり立つ坂巻の中心を間近にして、目が離せなくなった。

視線に気づいたのだろう、坂巻は御厨の手を取り自身へと導いた。

熱くて雄々しい、力強く脈打つ性器。自分のものとはまるでちがう坂巻自身が、愛《いと》おしく思える。

「触ってて」

坂巻は、御厨に触れさせたままで先端を入り口に押し当ててきた。どんなに緩まされていても指とはちがう。圧倒的な存在が割り開いてくるその衝撃は、他に比較対象がない。

坂巻の熱を、体内と手で同時に感じる。

少しずつ御厨自身の熱と混じり合っていく様も。

「あ……すごい、挿……ってくる」

それでもやはり苦痛はなかった。御厨の身体が、苦痛を快感として捉《とら》えてしまっているのかもしれない。

「わかるか。もう少し」

ぐいと一度揺すり上げられた。背中を弓なりにしならせると、手で触れられる部分がなくなっていた。

身を屈めた坂巻が何度も口づけてくる。懸命に応《こた》えながら、繋がっているところばかりではなく、どこもかしこも坂巻と溶け合ったような錯覚に陥った。

「身体じゅう、いっぱい……」

うっとりとして呟くと、ああと吐息混じりの同意が返った。

「俺も、文人でいっぱいだ」

坂巻も同じように感じていたのだ。それを知って、嬉しさが身体の悦びに繋がる。

前髪へのキスのあと優しく動き始めた坂巻を、昂ぶる感情のままに抱き締めた。硬い腹で性器を擦られながら内側を刺激される快感に、身を委《ゆだ》ねる。

揺さぶられ、それに合わせて身をくねらせているうちにふたりの境目は曖昧《あいまい》になり、汗と吐息、熱、すべてがひとつになっていった。

「気持ち……いい」

想いのまま口にすれば、快感が増す。好きと言えば、いっそう好きになっていくような気がした。

「芳隆く……ん、気持ちい？」

荒い呼吸をつく坂巻の短い髪に指を絡め、問う。

「気持ちいいよ」

「――好き？」

その質問には、御厨の手を取り自分の手としっかりと重ねると、坂巻はこれまで以上に深い場所へと押し入ってきた。

「好きだ」

「あ、ぅ」

奥深くの性感帯を突き上げられる。それと同時に、言葉でも胸を抉られる。御厨は、坂巻の名前を何度もくり返しながら達した。

意思とは関係なく体内の坂巻を締めつける。御厨を気遣い終始ゆっくりとしたペースを保っていた坂巻が、その瞬間だけ御厨を荒々しく突き上げてきた。

小さく呻き声を発して坂巻が爆《は》ぜる。好きなひとの絶頂を身の内で受け止めながら、御厨はこのうえない多幸感に震えた。

「まだ……抜かないでください」

ずっとこうしていたい。離れたくない。気持ちのまま、いっそう肌を密着させる。

ぴくりと体内の坂巻が反応した。

「それは、べつの俺も知りたいっていう意味か？」

そういう意味ではなかった。けれど、唇の端を吊《つ》り上げ、いつもより少し意地悪げにも見える表情になる坂巻に、つい御厨もその気になる。

「知りたいって言ったら、教えてくれますか?」

べつの坂巻とはいったいどういう感じだろう。想像もつかない。だが、どんな坂巻であってもきっと自分は好きになる。それだけは自信があった。

「……ほんと、敵《かな》わないな」

坂巻が苦笑した。御厨の返答が意外だったからしいのだが——その先は言葉ではなく直接身体に返ってきた。

これまでとはちがうやり方で坂巻はキスをして、約束通り御厨にべつの顔を見せてくれたのだ。

Epilogue

鼻歌とともに階下に下り、キッチンに立つ。冷蔵庫を開けてもろくな食材はなかったが、ハムエッグとトマト、チーズ、トーストくらいは準備できそうだ。

自分にはコーヒー。御厨には紅茶。

起こすにはまだ早い。三十分後と決め、銜《くわ》え煙草でコーヒーメーカーに水と豆を入れる。

朝刊を取るためにドアへ向かった坂巻がドアノブに手をかけようとした、そのとき、ドアが外から開いた。

加納だ。

「……あ、おはよう」

突然の登場に、ぎくしゃくとした挨拶《あいさつ》になる。加納の存在を忘れていたわけではなかったものの、油断はしていた。というよりも、浮かれていた。

パジャマの前を全開している坂巻の胸を無言で凝視した加納が、ふっと意味深な笑みをこぼした。

「てっきり泊まってくるものだとばかり思っていたが」

坂巻はそれとなくパジャマの前を合わせ、ふんと鼻を鳴らした。こうなれば開き直るしかない。いまさら取り繕おうにも加納には初めから知られているし、らしくなく頭を悩ませていた坂巻に発破《はっぱ》をかけたのは、他の誰でもなく加納だ。

「おまえが白黒つけるまで帰ってくるなって言ったんだろ?」

白黒ついたから帰ってきたのだと暗に告げる。正確には、帰ってきたあとで白黒つけたのだが、それを加納に言う必要はない。

「ていうか、おまえ、来るの早くないか」

壁の時計を指差した。まだ八時半だ。普段の加納は、十時きっかりに事務所のドアを開ける。

「相方《あいかた》の留守を預かるのも俺の仕事だと思うが」

相方、という単語に坂巻は反応する。加納とは良好な相棒関係を築いているが、互いにそれを相手に告げたことはない。坂巻は照れ臭いからだし、加納はおそらく口にするものではないと思っているのだ。

「というのは冗談で、夜明け前に新聞社の山下《やました》さんからの電話で起こされた」

やはりなにかあったのかと、加納の口上に耳を傾ける。

　坂巻が穏やかでいられたのは、ここまでだった。

「警察筋からの情報らしいから、確かだろう。安藤が捕らえられた。気の小さい男だから遠くには行けなかったようだ」

　早晩捕らえられるだろうとは思っていた。が、案外早い動向に、さすが日本の警察は優秀だと感心する。

「昨夜、全容が判明したらしい。こんな話は聞いたことがない」

　めずらしくそうこぼした加納に、視線で先を促す。加納は、眉間《みけん》に皺《しわ》を刻んで概要を話していった。

「神父が傘で刺したのは事実で、彼は自分が殺してしまったと信じ込んでいた。あとの処理を森脇に任せてしまったからだが、当の森脇にしてもその点では同じ勘違いをしていたことになる」

「勘違い？」

　問い返した坂巻に、加納が頷く。

「神父と同じだ。森脇も神父が殺したものと信じていた。いったん裏山の洞穴に死体を隠した後、夜になってから損壊したと供述している」

「だが、死因は鈍器だ」

左利きの人物が中邑貴治を殺《あや》めた。それはまぎれもない真実だった。

「中邑貴治が教会に出入りしていた理由は、安藤との待ち合わせ場所に使っていたからだ。傘で刺された際に転び、頭を打って昏倒《こんとう》していた中邑貴治は洞穴で目を覚ました。そこへ逢い引《あいび》きの相手である安藤がやってきた。安藤は教会に来た際、たまたま裏山から戻ってくる森脇を見たらしい。中邑貴治からことの経緯を聞いてチャンスだと思った安藤が、持参していたスパナで中邑貴治を殴打した」

凶器はスパナだったか。目の前の靄《もや》がようやく晴れていくようだった。

「それを知らずに、森脇は遺体をばらしたっていうのか」

事実なら、確かにこんな話は聞いたことがない。神父は犯してもいない罪で苦悩し続け、森脇に至っては、神父を庇《かば》いたい一心で犯さなくてすんだ罪を犯したことになる。

すべては安藤のせいで。

生徒に手を出したあげく邪魔になったから殺すなど、鬼の所業にも等しい。けっして許されるべきものではない。

もし子どもが洞穴で人骨を発見しなかったなら、今回の件は発覚しなかった。中邑貴治は永遠に骨の中に埋もれていたのだ。そう考えれば、心底よかったと思わずにはいられなかった。

神父は中邑貴治から相談を受けていた。安藤によると彼は森脇とも話をしていたというので、さぞ怖かったにちがいない。いつ己のタブーを知られてしまうかと、気が気ではなかったはずだ。恐怖と不安でいっぱいになっていた神父には、たった一言でも引き金になっただろう。

――神父さんには、僕の気持ちわかりますよね。

これだけでも十分だ。

己の罪、森脇との仲を知られた。そう思い、パニックになった神父は手近にあった傘で――おそらくその日は雨が降っていたのだ――彼を刺してしまった。

森脇が神父を庇う理由ははっきりしている。

守りたかった。じつにシンプルな感情なのだろう。

「秘密なんて、抱えるものじゃないな」

加納が声音に同情を滲ませる。

坂巻は無言で頷いた。どれほど大事に守っていても、必ず綻《ほころ》びはある。虫食いと同じで、そこから解けて広がっていくのだ。

坂巻は煙草の火を消し、その手でこめかみを押さえた。どちらにしても後味の悪い事件だったと、気分が沈む。

S&K探偵事務所にとって忘れられない仕事になったのは間違いない。

「酒が飲めれば、一杯やりたいところだ」

気分を一新するためにも。ささやかな供養という意味でも。

残念ながら坂巻は下戸だった。見かけによらないとよく言われるが、缶ビール一本で酔い潰《つぶ》れてしまう。酒の代わりに、二本目の煙草に手を伸ばした。

「芳隆くん」

割り込んできた声に、火をつけようとしていた手を止める。酒や煙草よりも影響力のあるひとの登場にそちらへ目を向けると、御厨は、階段の途中で眠そうに目を擦っていた。

「文……っ」

その姿に仰天する。一瞬、息を呑《の》み、次の瞬間には飛び上がる勢いでソファから腰を上げていた。

「待て！　そこを動くな。じっとしてろ！」

御厨は生まれたままだった。一糸纏《まと》わぬ真っ裸で立っているのだ。慌てて階段を駆け上がり羽織っていたパジャマを御厨に巻きつけると、回れ右をさせた。

二階はいい。が、下はまずい。加納やら依頼主やらが出入りする。

御厨を連れて階段を上がりながら、肩越しにそっと加納を窺《うかが》った。加納は心底呆れた様子で、これ見よがしにため息をこぼした。

当然の反応だ。申し開きのしようもない。

「……芳隆くん、どうかしましたか？」

一方御厨は、加納の存在に気づかなかったようで、不思議そうに小首を傾げる。その疑うことを知らない瞳を前にして、とても事実を教える気にはなれず坂巻は半笑いでごまかした。

「なんでもない。もうちょっとベッドにいてもらいたかっただけだ」

御厨の頬が上気する。

「もうちょっとベッドにいたら、なにかいいことがありますか？」

意味深な上目で問われると、坂巻は迷わず居間ではなく寝室へと足を向ける。たったいま驚愕し、反省したばかりだというのに性懲りもないと自分に呆れるが、逆らうすべはなかった。

「どうかなあ。文人のいいことってなに？」

ベッドに座らせ、身を屈めて額にキスをする。頬にして、うなじにすると御厨がくすぐったいと首をすくめた。

その仕種も可愛いと思うのだから、重症だ。

「芳隆くんと一緒にできること、かな」

しかも、こんな台詞《せりふ》で誘われてしまったら――。

これまで、世の中の恥知らずなカップルを蔑《さげす》んできた。馬鹿みたいに公衆の面前でイチャイチャしやがって、と冷ややかな目で見てきたのだ。

だが、もう彼らになにも言えない。気持ちは厭《いや》というほどわかる。恥知らずだろうとなんだろうとイチャイチャしたいときはあるのだ。

ふふ、と御厨が笑った。

「恋って不思議ですね」

しみじみと口にされたその一言に、坂巻も同意する。

ひとは恋ゆえに強くなり、同時に弱くもなる。ひとつ間違えると今回のように事件にまで発展する。

それほど恐ろしいパワーを持っているのが恋だろう。

「でも、ひとを好きになるってやっぱり素敵だと思います。だって、恋を知らなかった頃の自分が霞《かす》んでみえますから」

御厨らしい考え方に、思わず双眸を細める。

「霞んでみえる、か」

その通りかもしれない。たとえ結末は悲劇的であっても、恋する者はおそらく、自分の気持ちだけは否定しない。後悔もしない。ずっと大事にしていきたいと願うのだ。

「俺を好きになってよかった?」

なんて質問をしているのかと内心で呆れるが、それでも問う。

「もちろんです」

満面の笑みで淀《よど》みない答えが返ってくれば、その面映《おもは》ゆい気持ちもどこかへ消えた。

ちょっとだけと言い訳しつつ御厨をベッドに倒し、その身体から巻きつけたばかりのパジャマを奪い取る。階下にいる加納の存在が抑止になったのは、ほんの一、二秒だった。

加納のことだ。気を利かせて十時までどこかで時間を潰してくるだろう。などと都合のいい決めつけをする。

「あ、そういえば、芳隆くん、お酒飲めないんですか」

御厨が、坂巻の頬を両手で包んで問うてきた。加納の存在には気づかなくても、坂巻の声はちゃんと聞いていたらしい。

「そうだな。ビール一杯が限度だ」

御厨にとって坂巻が特別だから当然だろう。まいったな。どれだけ好きなんだ。これはもうイチャイチャするしかないじゃないか。と、鼻の下を伸ばしたとき、御厨の目がなにかを期待して輝いた。

「飲んだらどうなりますか？」

愉しそうに口許も綻んでいる。

「どうって、ふらふらのよろよろだ。誰にも見せられない」

「わ。ふらふらでよろよろの芳隆くん、見てみたいです」

見せられないと言った端から、御厨は見たいと言う。

こういう展開になれば、その後の台詞はわかっていた。

「今度一緒に飲みませんか?」

誘われたのは一度や二度ではない。飲めないというと、飲もうと言ってくる相手は案外多い。

だが、今回はそれらとはまったく別物だった。

坂巻好みの可愛い顔と声がそそのかしてくる。隅々まで知ったつもりになっていたが、小悪魔的なところもあったようだといままた新たな発見をした。

「俺を酔わせてどうしようって?」

困ったことに、坂巻はそういうのが嫌いではない。

「内緒です」

含み笑いをされて、早々と白旗を揚げた。愛《いと》しい相手の望みなら、たとえそれがどんなものであっても叶えさせたいと思うのは男としてごく自然な心理だろう。

「いいよ。その代わり――」

ただし、見返りは必要だ。

坂巻は愛の言葉を囁きながら、代償としてまずは甘くやわらかな唇から奪い、味わった。

あとがき

こんにちは。初めまして。高岡《たかおか》です。

いきなりですが、土ワイは好きですか。

今作は、ちょこっと土ワイ風味となっています。そして、久々の新作になります。書き方を忘れてしまっているんじゃ……と途中不安になってしまうくらいでした。

苦労しましたが、愉しんで書きましたのでお手にとっていただけると嬉しいです。

さて、二〇一〇年ですね。あっという間に来るんだよとか言っていましたが、本当にあっという間でした。

年を取ると平穏こそ幸せみたいな感じになるとは聞いていたのですが、最近実感しております。平凡、平穏って素晴らしいですよね。なにかいいことがあると、どこかでしっぺ返しを食らいそうで怖いですし。うっかり宝くじも買えませんよ。

あと、酒の席がめっぽう好きになりました。

これも年のせいですかね。

なんだろう、すごく愉しいです。これを書いているいま現在、三日後に二日続けての新年会が待っているのですが、もう、愉しみで愉しみで。

身体に気をつけながら、いい酒を飲みたいものです。

ていうか、最近のあとがきは酒か友人の話を書いているような気がします。まあ、ネタがないのでしょうがないいか。

今年の目標としては、毎年言っていますが、ウォーキングですか。これはもう、野望みたいなものです。去年お休みしていた同人活動も再開したいですし、仕事面では、書きたいネタがたくさんあるのでそれらをお披露目できたらいいなあと考えています。

そろそろページも埋まってきましたので、最後にお礼を。

イラストを担当してくださった汞《みずかね》りょう先生、ありがとうございます。素敵なカラーイラストを拝見して、その可愛さに思わず顔が緩みました。

担当様もありがとうございました。いろいろとすみませんでした。とても助かりました。

いつも読んでくださる読者様、この本を手に取ってくださった皆様にも心から感謝を。ありがとうございます。心の支えです。

一応事件は起こりますが、年の差カップルが可愛い恋に落ちる今作を少しでも愉しんでいただけるよう祈るばかりです。

それではこれにて。

高岡ミズミ

この本を読んでのご意見、ご感想を編集部までお寄せください。

《あて先》〒105－8055　東京都港区芝大門2－2－1　徳間書店　キャラ編集部気付
「人類学者は骨で愛を語る」係

■初出一覧
人類学者は骨で愛を語る……書き下ろし

Chara
人類学者は骨で愛を語る……【キャラ文庫】

2010年2月28日　初刷

著者　高岡ミズミ
発行者　吉田勝彦
発行所　株式会社徳間書店
〒105-8055　東京都港区芝大門2-2-1
電話048-451-5960（販売部）
03-5403-4348（編集部）
振替00140-0-44392

印刷・製本　図書印刷株式会社
カバー・口絵　近代美術株式会社
デザイン　海老原秀幸

ISBN978-4-19-900558-9

好評発売中

MIZUMI TAKAOKA
PRESENTS
依頼人は証言する
高岡ミズミ
イラスト◆山田シロ
お前とのセックスは遅効性の毒だ――
気づいた時には、すっかり溺れてる。

高岡ミズミの本

【依頼人は証言する】

イラスト◆山田シロ

差出人はなぜ、俺を呼んだのか――。高校時代の親友からの手紙で、故郷を訪れた堂島《どうじま》。そこで再会したのは、親友と同居していた幼なじみの広瀬《ひろせ》。昔、告白されたのに手酷く振った相手だった。しかも親友は何も告げずに突然失踪!! 「まるで巡り合わせだね?」過去など忘れた顔で皮肉げに笑う広瀬に、堂島は欲情を煽られて!? この再会は偶然か、仕組まれた必然か。手紙が導く十年越しの再会愛!!

好評発売中

お天道様の言うとおり
MIZUMI TAKAOKA PRESENTS
高岡ミズミ
イラスト◆山本小鉄子
若、カタギの教師は辞めて、
組の跡目を継いでください!!
キャラ文庫

高岡ミズミの本
【お天道様の言うとおり】

イラスト◆山本小鉄子

「若、お迎えに上がりました」。小学校教師・青目《あおめ》の元に当然現れた黒ずくめの男達。彼らは何と極道で、青目に組を継げと迫ってきた!! 動揺する青目は、酔った勢いでホステスと一夜を共にするけれど、その美人・蝶尾《ちょうび》は実は男!! しかも「あんたに本気になった」と宣言され!? 学校はクビ、ヤクザには付き纏《まと》われ、男《オトコ》から貞操を狙われる──マジメで平凡な教師の、波乱の人生が強引にスタート!?

好評発売中

夜を統べるジョーカー
高岡ミズミ
イラスト◆実相寺紫子
この男は敵か味方か——
若き極道の帝王と、命がけの恋!!
TAKAOKA
PRESENTS
キャラ文庫

高岡ミズミの本
【夜を統べるジョーカー】
イラスト◆実相寺紫子

「抗《あらが》うなよ、余計に興奮するだろう？」夜の街に蔓延《まんえん》する謎のドラッグを取材中、ヤクザに拉致されてしまったジャーナリストの佑《ゆう》一《いち》。そこに現れたのは危険な色香に、無言で他人を従える迫力を纏《まと》った義永《よしなが》。彼は広域指定暴力団・叡《えい》和《わ》会の若頭補佐だった!! 「命が惜しいなら素人が踏み込むんじゃない」脅しにも怯《ひる》まない佑一に興味を煽られた義永。思い知らせるように佑一を無理やり犯して…!?

好評発売中

高岡ミズミの本

【愛執の赤い月】

イラスト◆有馬かつみ

隣で子供が寝ているのに、夜ごと組み敷かれ貫かれる——。姉の葬式で実徳《みのり》が再会したのは、十年前に別れたきりの幼なじみ・正周《まさちか》。密かに好きだった男は、なんと姉との子を連れていた!! 一ヶ月だけと乞われるまま、正周と一緒に暮らすことにした実徳。けれど二人きりになった途端、正周は父親の顔から雄の色香を纏《まと》う男に変貌を遂げ…!? 危うい同居生活が、暴かれた欲望に破綻する——。

好評発売中

高岡ミズミの本
【ワイルドでいこう】

イラスト◆紺野けい子

子犬のようだった弟分が、十年後は獰猛な猟犬になっていた──!? 実家が詐欺に遭い、呆然とする壱矢《いちや》の前に現れたのは、子供の頃別れたきりの幼なじみ・隆充《たかみち》。昔は可愛かったのに、今では手下を従えてヤクザ同然の整理屋稼業!! その変貌に驚きながらも、再会の喜びに心揺れる壱矢。けれど隆充はなぜか壱矢に冷たい。しかも「俺はそんなに従順な飼い犬だったか?」と突然押し倒してきて!?

キャラ文庫既刊

■英田サキ

「DEADLOCK」
「DEADHEAT DEADLOCK2」
「DEADSHOT DEADLOCK3」
「SIMPLEX DEADLOCK外伝」 CUT高階 佑
「恋ひめやも」 CUT小山田あみ

■秋月こお

「やってらんねェぜ！」全6巻
「セカンド・レボリューション やってらんねェぜ！外伝」

「アーバンナイト・クルーズ やってらんねェぜ！外伝2」

「酒と薔薇とジェラシーと やってらんねェぜ！外伝3」

「許せない男 やってらんねェぜ！外伝4」 CUTこいでみえこ
「王様な猫」

「王様な猫のしつけ方 王様な猫2」

「王様な猫の陰謀と純愛 王様な猫3」

「王様な猫と調教師 王様な猫4」

「王様な猫の戴冠 王様な猫5」 CUTかすみ涼和
「王朝春宵ロマンセ」

「王朝夏曙ロマンセ 王朝春宵ロマンセ2」

「王朝秋夜ロマンセ 王朝春宵ロマンセ3」

「王朝冬陽ロマンセ 王朝春宵ロマンセ4」

「王朝唐紅ロマンセ 王朝ロマンセ外伝」

「王朝月下繚乱ロマンセ 王朝ロマンセ外伝2」

「王朝綺羅星如ロマンセ 王朝ロマンセ外伝3」 CUT唯月 一
「要人警護」

「特命外交官 要人警護2」

「駆け引きのルール 要人警護3」

「シークレット・ダンジョン 要人警護4」

「暗殺予告 要人警護5」

「日陰の英雄たち 要人警護6」 CUT緋色れーいち
「本日のご葬儀」 CUTヤマダサクラコ

「幸村殿、艶にて候①～⑥」 CUT九號
「スサの神謡」 CUT稲荷家房之介

■洸

「機械仕掛けのくちびる」 CUT須賀邦彦
「刑事はダンスが踊れない」 CUT香雨
「花陰のライオン」 CUT宝井さき
「黒猫はキスが好き」 CUT汞りょう
「囚われの脅迫者」 CUT DUO BRAND.
「深く静かに潜れ」 CUT長門サイチ
「パーフェクトな相棒」 CUT亜樹良のりかず
「好みじゃない恋人」 CUT小山田あみ

■いおかいつき

「恋愛映画の作り方」 CUT高久尚子
「交番へ行こう」 CUT桜城やや
「死者の声はささやく」 CUT亜樹良のりかず
「美男には向かない職業」 CUT DUO BRAND.
「好きなんて言えない！」 CUT有馬かつみ

■五百香ノエル

「キリング・ビータ」シリーズ全4巻 CUT麻々原絵里依
「GENE《ゲーン》」シリーズ全9巻 CUT金ひかる
「白皙」 CUT須賀邦彦

■斑鳩サハラ

「僕の銀狐」

「押したおされて 僕の銀狐2」

「最強ラヴァーズ 僕の銀狐3」

「狼と子羊 僕の銀狐4」 CUT越智千文
「今夜こそ逃げてやる！」 CUTこうじま奈月

■池戸裕子

「アニマル・スイッチ」 CUT夏乃あゆみ
「TROUBLE TRAP！」 CUT峰倉かずや
「勝手にスクープ！」 CUTにゃおんたつね
「社長秘書の昼と夜」 CUT果桃なばこ
「あなたのいない夜」 CUT椎名咲月

「部屋の鍵は貸さない」 CUT鳴海ゆき
「共犯者の甘い罪」 CUT宝井さき
「エゴイストの報酬」 CUT新井サチ
「恋人は三度嘘をつく」 CUT新藤まゆり
「特別室は貸切中」 CUTともさか高子
「容疑者は誘惑する」 CUT梅沢はな
「狩人は夢を訪れる」 CUT汞りょう
「夜叉と獅子」 CUT羽根田実
「工事現場で逢いましょう」 CUT有馬かつみ
「お兄さんはカテキョ」 CUT汞りょう
「官能小説家の純愛」 CUT一ノ瀬ゆま

■岩本 薫

「13年目のライバル」 CUT Lee

■烏城あきら

「発明家に手を出すな」 CUT長門サイチ
「スパイは秘書に落とされる」 CUT羽根田実
「檻 ―おり―」 CUT今 市子

■榎田尤利

「ゆっくり走ろう」 CUTやまかみ梨由
「歯科医の憂鬱」 CUT高久尚子
「ギャルソンの躾け方」 CUT宮本佳野
「アパルトマンの王子」 CUT緋色れーいち
「理髪師の、些か変わったお気に入り」 CUT二宮悦巳

■鹿住 槇

「優しい革命」 CUT橘 皆無
「甘える覚悟」 CUT穂波ゆきね
「別嬪レイディ」 CUT大和名瀬
「囚われた欲望」 CUT椎名咲月
「甘い断罪」 CUT不破慎理
「ただいま同居中！」
「ただいま恋愛中！ ただいま同居中！2」 CUT夏乃あゆみ
「お願いクッキー」 CUT北畠あけ乃
「独占禁止!?」 CUT宮城とおこ

キャラ文庫既刊

キャラ文庫既刊

[ミステリ作家の献身] CUT高久尚子
[僕の好きな漫画家] CUT香坂あきほ
[弁護士は籠絡される] CUT金ひかる

■篠 稲穂

[熱視線] CUT夏乃あゆみ
[Baby Love] CUT宮城とおこ

■秀香穂里

[くちびるに銀の弾丸] シリーズ全2巻 CUT祭河ななを
[チェックインで幕はあがる] CUT高久尚子
[虜 ‐とりこ‐] CUT山田ユギ
[挑発の15秒] CUT宮本佳野
[誓約のうつり香] CUT海老原由里
[灼熱のハイシーズン] CUT長門サイチ
[禁忌に溺れて] CUT亜樹良のりかず
[ノンフィクションで感じたい] CUT新藤まゆり
[艶めく指先] CUTサクラサクヤ
[烈火の契り] CUT彩
[他人同士] 全3巻 CUT新藤まゆり
[堕ちゆく者の記録] CUT高階 佑
[真夏の夜の御伽噺] CUT佐々木久美子
[桜の下の欲情] CUT汞りょう
[隣人には秘密がある] CUT山田ユギ

■愁堂れな

[身勝手な狩人] CUT蓮川 愛
[ヤシの木陰で抱きしめて] CUT片岡ケイコ
[十億のプライド] CUT汞りょう
[愛人契約] CUT水名瀬雅良
[紅蓮の炎に焼かれて] CUT金ひかる
[やさしく支配して] CUT香雨
[花婿をぶっとばせ] CUT高久尚子
[誘拐犯は華やかに] CUT神葉理世
[伯爵は服従を強いる] CUT羽根田実
[コードネームは花嫁] CUT汞りょう

[怪盗は闇を駆ける] CUT由貴海里
[屈辱の応酬] CUTタカツキノボル
[金曜日に僕は行かない] CUT麻生 海
[行儀のいい同居人] CUT小山田あみ
[激情] CUT羽根田実
[二時間だけの密室] CUT高久尚子
[月ノ瀬探偵の華麗なる敗北] CUT亜樹良のりかず
[法医学者と刑事の相性] CUT高階 佑

■菅野 彰

[毎日晴天!]
[子供は止まらない 毎日晴天!2]
[子供の言い分 毎日晴天!3]
[いそがないで。 毎日晴天!4]
[花屋の二階で 毎日晴天!5]
[子供たちの長い夜 毎日晴天!6]
[僕らがもう大人だとしても 毎日晴天!7]
[花屋の店先で 毎日晴天!8]
[君が幸いと呼ぶ時間 毎日晴天!9]
[明日晴れても 毎日晴天!10]
[夢のころ、夢の町で。 毎日晴天!11] CUT二宮悦巳
[野蛮人との恋愛]
[ひとでなしとの恋愛 野蛮人との恋愛2]
[ろくでなしとの恋愛 野蛮人との恋愛3] CUTやしきゆかり
[高校教師、なんですが。] CUT山田ユギ

■春原いずみ

[とけない魔法] CUTやまねあやの
[チェックメイトから始めよう] CUT椎名咲月
[白檀の甘い罠] CUT明森びびか
[氷点下の恋人] CUT片岡ケイコ
[恋愛小説のように] CUT香雨
[赤と黒の衝動] CUT夏乃あゆみ
[キス・ショット!] CUT麻々原絵里依
[舞台の幕が上がる前に] CUT禾田みちる

[神の右手を持つ男] CUT有馬かつみ
[銀盤を駆けぬけて] CUT須賀邦彦
[真夜中に歌うアリア] CUT沖 銀ジョウ

■染井吉乃

[嘘つきの恋]
[蜜月の条件 嘘つきの恋2]
[誘惑のおまじない 嘘つきの恋3] CUT宗真仁子

■高岡ミズミ

[この男からは取り立て禁止!] CUT桜城やや
[ワイルドでいこう] CUT紺野けい子
[愛を知らないろくでなし] CUT長門サイチ
[愛執の赤い月] CUT有馬かつみ
[夜を統べるジョーカー] CUT実相寺紫子
[お天道様の言うとおり] CUT山本小鉄子
[依頼人は証言する] CUT山田シロ
[人類学者は骨で愛を語る] CUT汞りょう

■篁釉以子

[真夏の合格ライン] CUT松本テマリ
[真冬のクライシス 真夏の合格ライン2] CUT明森びびか

■たけうちりうと

[泥棒猫によろしく] CUT史堂 櫂

■月村 奎

[そして恋がはじまる]
[いつか青空の下で そして恋がはじまる2] CUT夢花 李
[アプローチ] CUT夏乃あゆみ

■遠野春日

[眠らぬ夜のギムレット]
[ブルームーンで眠らせて 眠らぬ夜のギムレット2] CUT沖麻実也
[ブリュワリーの麗人] CUT水名瀬雅良
[高慢な野獣は花を愛す] CUT汞りょう
[華麗なるフライト] CUT麻々原絵里依

キャラ文庫既刊

[砂楼の花嫁] CUT円陣闇丸
[恋は饒舌なワインの囁き] CUT羽根田実
[玻璃の館の英国貴族] CUT円屋榎英
[芸術家の初恋] CUT穂波ゆきね

■中原一也

[仁義なき課外授業] CUT新藤まゆり

■鳩村衣杏

[共同戦線は甘くない!] CUT桜城やや

■火崎 勇

[恋愛発展途上] CUT蓮川 愛
[三度目のキス] CUT高久尚子
[ムーン・ガーデン] CUT須賀邦彦
[グッドラックはいらない!] CUT果桃なばこ
[お手をどうぞ] CUT松本テマリ
[カラッポの卵] CUT明森びびか
[寡黙に愛して] CUT北畠あけ乃
[書きかけの私小説] CUT真生るいす
[最後の純愛] CUT宝井さき
[ブリリアント] CUT麻々原絵里依
[メビウスの恋人] CUT紺野けい子
[愚か者の恋] CUT有馬かつみ
[楽天主義者とボディガード] CUT新藤まゆり
[荊の鎖] CUT麻生 海
[それでもアナタの虜] CUT司狼 亨
[そのキスの裏のウラ] CUT羽根田実

■菱沢九月

[小説家は懺悔する] CUT高久尚子
[小説家は束縛する 小説家は懺悔する2]
[小説家は誓約する 小説家は懺悔する3]
[夏休みには遅すぎる] CUT山田ユギ
[本番開始5秒前] CUT新藤まゆり
[セックスフレンド] CUT水名瀬雅良
[ケモノの季節] CUT汞りょう
[年下の彼氏] CUT穂波ゆきね

[好きで子供なわけじゃない] CUT山本小鉄子

■ふゆの仁子

[太陽が満ちるとき] CUT高久尚子
[年下の男] CUT北畠あけの
[Gのエクスタシー] CUTやまねあやの
[恋愛戦略の定義] CUT雪舟 薫
[フラワー・ステップ] CUT夏乃あゆみ
[ソムリエのくちづけ] CUT北畠あけ乃
[プライドの欲望] CUT須賀邦彦
[偽りのコントラスト] CUT水名瀬雅良
[薔薇は咲くだろう] CUT亜樹良のりかず
[ベリアルの誘惑] CUT高階 佑
[愛、さもなくば屈辱を] CUT汞りょう

■松岡なつき

[声にならないカデンツァ] CUTビリー高橋
[ブラックタイで革命を]
[ドレスシャツの野蛮人 ブラックタイで革命を2] CUT緋色れーいち
[センターコート] 全3巻 CUT須賀邦彦
[旅行鞄をしまえる日] CUT史堂 櫂
[GO WEST!] CUTほたか乱
[NOと言えなくて] CUT果桃なばこ
[WILD WIND] CUT雪舟 薫
[FLESH & BLOOD①～⑭] CUT①～⑪雪舟 薫/⑫～彩

■水原とほる

[青の疑惑] CUT彩
[午前一時の純真] CUT小山田あみ
[ただ、優しくしたいだけ] CUT山田ユギ
[氷面鏡] CUT真生るいす
[春の泥] CUT宮本佳野
[金色の龍を抱け] CUT高階 佑

■水無月さらら

[お気に召すまで] CUT北畠あけの
[永遠の7days] CUT真生るいす
[視線のジレンマ] CUT Lee

[恋愛小説家になれない] CUT史堂 櫂
[なんだかスリルとサスペンス] CUT円屋榎英
[正しい紳士の落とし方] CUT長門サイチ
[オトコにつまずくお年頃] CUT汞りょう
[シャンプー台へどうぞ] CUTせら
[社長椅子におかけなさい] CUT羽根田実
[オレたち以外は入室不可!] CUT梅沢はな
[九回目のレッスン] CUT高久尚子
[裁かれる日まで] CUTカズアキ
[主治医の采配] CUT小山田あみ

■水壬楓子

[桜姫]
[ルナティック・ゲーム 桜姫2]
[ミスティック・メイズ 桜姫3] CUT長門サイチ
[シンプリー・レッド] CUT汞りょう
[作曲家の飼い犬] CUT羽根田実

■夜光 花

[シャンパーニュの吐息] CUT汞りょう
[君を殺した夜] CUT小山田あみ
[七日間の囚人] CUTあそう瑞穂
[天涯の佳人] CUT DUO BRAND.
[不浄の回廊] CUT小山田あみ
[眠る劣情] CUT高階 佑
[愛を乞う] CUT榎本

■吉原理恵子

[二重螺旋]
[愛情鎖縛 二重螺旋2]
[攣哀感情 二重螺旋3]
[相思喪曖 二重螺旋4] CUT円陣闇丸
[間の楔] 全6巻 CUT長門サイチ

〈2010年2月27日現在〉

投稿小説★大募集

『楽しい』『感動的な』『心に残る』『新しい』小説——

みなさんが本当に読みたいと思っているのは、どんな物語ですか？　みずみずしい感覚の小説をお待ちしています！

•応募きまり•

[応募資格]

商業誌に未発表のオリジナル作品であれば、制限はありません。他社でデビューしている方でもOKです。

[枚数／書式]

20字×20行で50〜100枚程度。手書きは不可です。原稿は全て縦書きにして下さい。また、800字前後の粗筋紹介をつけて下さい。

[注意]

①原稿はクリップなどで右上を綴じ、各ページに通し番号を入れて下さい。また、次の事柄を１枚目に明記して下さい。
（作品タイトル、総枚数、投稿日、ペンネーム、本名、住所、電話番号、職業・学校名、年齢、投稿・受賞歴）
②原稿は返却しませんので、必要な方はコピーをとって下さい。
③締め切りは特別に定めません。採用の方にのみ、原稿到着から３ヶ月以内に編集部から連絡させていただきます。また、有望な方には編集部からの講評をお送りします。
④選考についての電話でのお問い合わせは受け付けできませんので、ご遠慮下さい。
⑤ご記入いただいた個人情報は、当企画の目的以外での利用はいたしません。

[あて先]

〒105-8055 東京都港区芝大門2-2-1
徳間書店 Chara編集部 投稿小説係

投稿イラスト★大募集

キャラ文庫を読んで、イメージが浮かんだシーンをイラストにしてお送り下さい。キャラ文庫、『Chara』『Chara Selection』『小説Chara』などで活躍してみませんか？

•応募きまり•

[応募資格]

応募資格はいっさい問いません。マンガ家&イラストレーターとしてデビューしている方でもOKです。

[枚数／内容]

①イラストの対象となる小説は『キャラ文庫』か『Chara、Chara Selection、小説Charaにこれまで掲載された小説』に限ります。
②カラーイラスト1点、モノクロイラスト3点の合計4点。カラーは作品全体のイメージを。モノクロは背景やキャラクターの動きの分かるシーンを選ぶこと（裏にそのシーンのページ数を明記）。
③用紙サイズはA4以内。使用画材は自由。

[注意]

①カラーイラストの裏に、次の内容を明記して下さい。
（小説タイトル、投稿日、ペンネーム、本名、住所、電話番号、職業・学校名、年齢、投稿・受賞歴、返却の要・不要）
②原稿返却希望の方は、切手を貼った返却用封筒を同封して下さい。封筒のない原稿は編集部で処分します。返却は応募から1ヶ月前後。
③締め切りは特別に定めません。採用の方にのみ、編集部から連絡させていただきます。また、有望な方には編集部から講評をお送りします。選考結果の電話でのお問い合わせはご遠慮下さい。
④ご記入いただいた個人情報は、当企画の目的以外での利用はいたしません。

[あて先]

〒105-8055 東京都港区芝大門2-2-1
徳間書店 Chara編集部 投稿イラスト係